로크미디어가
유혹하는
재미있는 세상

ROK
MEDIA
로크미디어

어게인 마이 라이프

SEASON 2

어게인 마이 라이프 Season 2 11

2016년 10월 19일 초판 1쇄 인쇄
2016년 10월 24일 초판 1쇄 발행

지은이 이해날
발행인 이종주

기획 팀 이기헌 송윤성 왕소현
책임 편집 최전경

발행처 (주)로크미디어
출판등록 2003년 3월 24일
주소 서울시 마포구 성암로 330 DMC첨단산업센터 3층 314호
Tel (02)3273-5135 **Fax** (02)3273-5134
홈페이지 rokmedia.com **E-mail** rokmedia@empas.com

ⓒ 이해날, 2016

값 8,000원

ISBN 979-11-6048-012-2 (11권)
ISBN 979-11-255-8823-8 04810 (세트)

SEASON2

어게인
마이 라이프
SEASON 2

이해날 장편소설

ROK
MEDIA
로크미디어

CONTENTS

Chapter 1

하늘하늘 바람이 불어왔다.

그 시원한 바람이 이마에 흐른 땀방울을 씻어 주는 날, 희우는 높은 빌딩의 옥상 난간에 앉아 있었다.

누군가가 본다면 위태위태한 모습에 어서 내려오라고 소리를 질렀을 그 자리.

아래로는 서울의 거리가 한눈에 펼쳐 보이는 그곳에서 희우는 길게 하품했다.

길을 걷는 사람도 도로를 이동하는 커다란 버스도 작아 보였다.

세상에 보이는 모든 것이 작게 느껴졌다.

적어도 옥상에 앉아 있는 희우에게는 그랬다.

희우의 손이 천천히 땅에 보이는 세상을 향해 뻗어 나갔다.

쥐면 쥘 수 있다.

하지만 쥐지 않는다.

손에 넣었던 것조차 지금 쫙 편 손바닥처럼 놓아 버렸으니까.

희우는 손을 다시 천천히 끌어당겼다. 그리고 손바닥을 가만히 바라봤다.

세상을 쥐었던 손에는 이제 아무것도 남지 않았다.

남아 있는 게 있다면 지금의 행복한 시간뿐이었다.

희우의 시선이 하늘로 향했다.

드넓은 하늘.

끝이 보이지 않는 저 하늘.

희우는 눈에 하늘을 담기 위해 애쓰고 있었다. 하지만 하늘이 담기는 대신 옛 기억이 떠오르기 시작했다.

고등학교 시절부터 대학, 연수원, 검사 생활, 검찰을 떠나 거물 정치인과 싸우던 때까지.

치열했던 하루, 하루가 바로 앞에 있었던 일처럼 선하게 보였다.

젊은 나이에 세상의 모든 것을 손에 쥐었다가 놓아 버린 사나이, 김희우.

미래에서 과거로 회귀한 남자.

그는 미래를 알고 있는 남자였다.

희우는 몇 주 전에 온 문자를 떠올렸다.

-부고. 한상제 본인. 서울 장례식장.

한상제는 희우의 연수원 동기다.

멋진 변호사가 되겠다고 자랑스레 말하던 동기는 아이를 갖고 돈을 벌기 위해 제왕 그룹 법무 팀에 들어갔었다.

그곳에 들어가 잘하고 있다는 말을 들었는데 갑작스러운 죽음이라니…….

희우는 문자를 받고 바로 장례식장으로 향했다.

울고 있는 한상제의 아내와 딸. 그리고 그의 부모.

희우는 구석에 앉아 조용히 식사를 했다.

몇몇 지인들이 오가며 한상제의 죽음을 애도하는 시간에 희우는 조용히 식사를 했다.

하지만 밥을 다 먹지 못했다.

사람들이 오가며 한 이야기를 들었기 때문이다.

"상제가 자살을 했다고?"

"유서는 없었고?"

"아이고, 처자식은 어찌 살라고 이랬을까?"

사람들의 끌끌거리는 소리에 식사하던 희우는 상 위에 숟가락을 조용히 내려 뒀다. 그리고 눈을 감았다.

이 일과 비슷한 사건을 알고 있었다는 생각이 들었다.

눈을 감은 희우는 천천히 생각에 빠졌다. 그리고 계속해서 기억을 헤집었다. 그리고 한상제의 죽음을 어렴풋이 떠올렸다.

제왕 그룹 법무 팀에 있던 어느 변호사가 자살했다는 것.

기억을 떠올린 희우는 입술을 꽉 다물었다.

조금만 신경을 쓰고 있었더라면 한상제의 죽음은 막을 수 있는 일이었다.

한상제의 딸이나 아내가 울지 않고 행복한 시간을 보낼 수 있었다.

할 수 있는데 하지 못한 일에 대한 안타까움은 컸다.

희우는 깊은 한숨을 내쉬었다.

그의 눈이 울고 있는 한상제의 아내에게 향했다.

소매로 입을 가리고 하염없이 마르지 않는 눈물을 쏟아 내는 여성.

희우는 다시 생각에 빠졌다.

한상제의 사후 어떤 일이 있었는지 기억하기 위해 애썼다.

뭔가 더 있었다.

그리고 그 일을 떠올린 희우는 낮은 한숨을 내쉬었다.

분명…… 한상제의 죽음 이후, 슬픔을 견디지 못한 아내와 딸이 차량 사고로 죽음에 이르렀었다.

희우는 고개를 저으며 자리에서 일어섰다.

한상제의 죽음은 막지 못했지만 그의 아내와 딸의 죽음은 막을 수 있다. 그렇게 하기 위해서는 지금 이 사건에 대해 더 생각해야 했다.

한상제가 자살했다고?

아니다.

한상제는 분명 제왕 그룹에서 어떤 비리를 봤다. 그리고 그것을 세상에 알리려 하다가 죽음을 당했다.

즉, 자살로 위장된 타살인 것이다.

물론 그가 어떻게 왜 죽었는지에 대한 증거는 이 세상에 없었다. 당시 사건을 맡은 검사들은 쉬쉬했고 혐의를 내리기에도 무리가 많았다.

이 모든 것은 제왕 그룹만이 알고 있는 일이었다.

그렇게 한상제의 장례가 끝난 뒤 며칠이 지났다.

희우는 어느 커피숍에서 한상제의 아내와 앉아 있었다.

그녀가 말했다.

"이렇게 불쑥 찾아와서 죄송합니다."

"괜찮습니다."

"다른 게 아니고, 우리 남편의 명예를 되찾고 싶어서 찾아왔습니다. 절대 자살 같은 걸 할 사람이 아니에요."

장례식장에서 울고 있던 모습은 없었다.

그녀는 남편의 명예를 되찾고 진실을 규명하고자 하는 변호사의 아내였다. 그녀의 담담한 눈이 희우의 눈과 정면으로 마주하고 있었다.

그녀가 말을 이었다.

"항상 자랑스레 말했거든요. 김희우 전 의원님과 연수원 동기였다고요. 그래서 의원님이 장례식에 와 주신 걸 보고 도움을 청하려고 왔습니다."

희우가 조금은 굳은 표정으로 그녀를 바라봤다. 그리고 말했다.

"알겠습니다. 상제의 명예를 되살려 보도록 노력하겠습니다."

"……감사합니다."

희우가 커피를 들어 입에 댔다가 내리며 말을 이었다.

"단, 조건이 있습니다."

"조건요?"

조건이라는 말에 그녀가 눈을 깜빡이며 희우를 바라봤다.

희우는 가방을 열어 서류 한 뭉치를 꺼냈다. 그리고 그녀의 앞에 건넸다.

"최대한 빠른 시일 내 캐나다로 떠나는 비행기를 예약하세요. 가서 살 집은 구해 됐습니다. 앞에 드린 서류는 해당 집에 대한 내역입니다."

"네?"

황당한 표정으로 보는 그녀를 향해 희우가 계속 말했다.

"거기에 제 친구가 있으니 적응하는 데 도움이 될 겁니다. 떠날 준비를 하려면 빠듯할 겁니다. 주변 사람들한테 작별 인사도 하지 마시고 그냥 가세요."

그녀는 멍한 눈빛으로 앞에 놓인 종이를 바라봤다.

그녀가 희우에게 연락한 것은 오늘이었다.

그런데 언제 이런 걸 준비한 것일까?

마치 미리 준비해 둔 듯 희우가 계속해서 말을 이었다.

"그리고 마지막으로 힘드시겠지만 이 사건을 잊어버리고 계세요."

그녀가 고개를 저었다.

"제가 해야 해요."

"위험한 일이라는 거 아시잖아요? 한상제가 누구와 싸우려고 했는지 모르시나요? 그 상대를 이길 수 있다고 생각하십니까?"

그녀가 다시 고개를 저었다.

"이길 수 있다고 생각한 적 없어요. 그냥…… 그냥…… 세상에 남편이 하고 싶었던 일을 알리고 싶었어요."

"그건 제가 하겠습니다. 의뢰했다면 믿으세요."

그녀는 고개를 숙였다. 더 이상 아무 말도 하지 않았다.

애써 담담한 척했던 그녀의 눈에서 굵은 눈물방울이 다시 뚝뚝 떨어져 내렸다.

그녀를 향해 희우가 말했다.

"아이 이름이 사랑이라고 했나요?"

"……네."

"상제를 위해서가 아니라 아이를 위해서 살았으면 좋겠습니다."

일주일 후, 인천국제공항.

희우의 앞에는 다섯 살의 여자아이가 한 여성의 손을 잡고 있었다.

바로 한상제의 딸과 아내였다.

딸의 손을 잡고 있는 아내는 울먹거리는 얼굴로 희우에게 말했다.

"감사합니다. 정말 감사합니다."

희우는 고개를 숙였다.

"죄송합니다."

아내가 고개를 저었다.

"아니에요. 정말 감사합니다."

두 사람은 잠시 아무 말도 하지 않았다.

한상제의 죽음 이후, 그의 딸과 아내가 위험에 처할 수 있는 상황이었다.

그들을 안전한 곳으로 보내기 위해 희우는 많이 설득했다.

희우가 앞에 서 있는 한상제의 아내에게 말했다.

"공항에 도착하면 제 친구가 마중 나와 있을 겁니다. 김한미라는 이름을 찾으십시오."

그녀가 고개를 끄덕였다.

"신경 써 주셔서 감사합니다."

"그 친구가 성격이 조금 이상하기는 해도 좋은 녀석이니 걱정하지는 않으셔도 될 거예요."

그때 희우의 바지춤을 아이가 잡았다.

다섯 살 아이의 작은 손.

아이가 말했다.

"아저씨, 난 한국이 좋은데 왜 가야 해요?"

"……."

"엄마가 여행 가는 거라고 했는데. 몇 밤 자고 오는 거예요?"

"……."

아이가 울먹이기 시작했다.

"나 다 알아요. 아저씨가 우리 다른 나라로 보내는 거죠?"

"……."

"나 가기 싫어요. 여기에 친구도 있고 여기에 아빠도 있고……."

울먹이던 아이는 이내 울기 시작했다.

희우가 아이의 앞에 무릎을 꿇고 앉아 시선을 맞췄다. 그리고 작은 아이의 머리를 쓰다듬으며 입을 열었다.

"이름이 한사랑이라고 했지? 영원히 가는 거 아냐."

"거짓말……."

"다시 돌아올 거야. 걱정하지 마. 아저씨가 다시 돌아오게 해 줄게."

"……진짜요?"

"그래, 아저씨가 약속할게. 아저씨가 약속한 거 다 지킨 유일한 국회의원이었거든."

한사랑의 울음에 여성의 눈시울도 붉어졌다.

희우가 자리에서 일어나 여성을 바라봤다.

"약속합니다. 다시 오셔서 자유롭게 살 수 있도록 해 드리죠."

여성은 목이 메어 고맙다는 말을 하지 못했다. 그저 살짝 고개만 숙일 뿐이었다.

하지만 그녀는 희우의 말을 믿지는 않았다.

상대는 제왕 그룹이었다.

일개 개인의 힘으로 어찌할 수 있는 곳이 아니었다.

그저 남편의 억울한 죽음의 진실이 밝혀지기만을 기대할 뿐이었다.

그렇게 한사랑은 엄마의 손을 잡고 한국을 떠났다. 하지만 희우는 그들의 모습이 사라진 후로도 오랫동안 그 자리에 앉아 있었다.

그리고 희우는 지금 빌딩의 옥상에 앉아 있었다.

지나간 과거를 비추던 구름이 바람에 흔들려 지나갔다.

하늘을 보던 희우의 눈이 다시 빌딩 아래로 내려갔다.

경적을 울리는 자동차들이 도로를 채웠고 셀 수 없는 사람들이 횡단보도를 건넜다.

무슨 일이 있는지는 모르겠지만 바쁘게 사는 사람들.

희우는 저 이름 모를 사람들이 사는 세상을 지켜 냈다.

희대의 권력자가 만들어 낼 더러운 세상에서 살지 않도록 해 줬다.

잠시 사람들을 지켜보던 희우의 눈이 다시 천천히 위로 향했다.

끝없이 펼쳐진 세상의 지평선을 지나 다시 하늘을 바라봤다.

하늘에서 보면 먼지처럼 작은 세상인데 돈 몇 푼 쥐기 위해 싸우고 헐뜯고 아등바등 사는 사람들, 그 작은 사람들 위에 한번 서 보기 위해 남을 짓밟고 잘났다고 어깨에 힘주는 사람들!

나는 땅에 있지 않고 하늘에서 세상을 내려다보리라.

희우의 눈이 변했다.

세상을 놓았던 그의 눈.

이제는 세상을 씹어 먹을 눈빛으로 변해 있었다.

그리고 희우는 웃기 시작했다.

"하하하하하하하."

미래를 알고 있었다.

모든 것이 바뀌었다고 생각했다.

하지만 변한 것은 없었다.

세상은 여전히 썩었다.

그 썩어 있는 세상이 기업으로 흘러가며 상상할 수 없는 부가 개인의 손에 쥐여 있었다.

한참을 웃던 희우가 뚝 웃음을 멈췄다. 그리고 작게 중얼거렸다.

"기다려라. 내가 바꿔 줄게."

희우의 시선이 다시 세상으로 향했다.

기지개를 펴듯 양팔을 벌려 굳어진 몸을 풀었다.

그 모습은 흡사 세상을 끌어안을 것처럼 보였다.

세상의 끝, 멀리 석양이 지고 있었다.

희우는 그 석양조차 끌어안고 있었다.

서울의 하늘과 땅은 이 희우에게 작았다.

아니, 이 세상이 그에게는 작게만 보였다.

제왕 그룹은 증권, 백화점, 마트, 유통, 광고, 부동산 등을 주 업무로 하는 기업이었다. 현금 보유량은 국내 1위. 게다가 정재계는 물론 해외의 정치 인사들과도 손잡고 있었다. 그래서 사람들은 대한민국의 돈을 지배하는 곳은 제왕 그룹이라고 이야기했다.

제왕 그룹의 사옥이 있는 곳은 서울 강남, 하늘을 찌를 빌딩이었다.

그 최상부에 있는 회장실에서부터 엘리베이터가 내려가고 있었다.

엘리베이터에 타고 있는 남자는 80대 후반의 많은 나이였지만 지금도 세상을 호령하고 있는 제왕 그룹 창립 회장인 천호령이었다.

'띵' 하는 소리와 함께 엘리베이터가 1층에 섰다. 동시에

스르르륵, 엘리베이터 문이 열리고 천호령 회장이 걸음을 옮겼다.

뚜벅뚜벅.

구둣발 소리만 들릴 뿐이었다.

주변에 많은 사람들이 있었지만 모두들 고개를 숙이고 천호령 회장에게 예의를 갖췄다.

양복을 입은 사람들이 모두 허리를 숙여 천호령 회장에게 예의를 갖추고 있던 그중 단 한 사람만이 숙였던 허리를 펴며 천호령 회장의 옆으로 다가왔다.

"차량 대기시켜 놨습니다."

그는 천호령 회장의 비서, 공명제였다.

공명제 비서의 말에 천호령 회장이 무겁게 입을 열었다.

"여야 의원들은 모여 있나?"

"네, 도착해서 기다리고 있다고 합니다."

"가지."

웬만한 학교의 운동장보다 넓은 제왕 그룹 로비에 천호령 회장과 공명제 비서의 구두 굽 소리만 들렸다.

그때까지도 로비에 있던 모든 사람들은 허리를 펴지 않았다.

제왕 그룹의 정문 앞에는 똑같이 생긴 검은 고급 차량 열 대가 세워져 있었다.

그중 가운데 차량에 천호령 회장이 탑승하자 미끄러지듯 움직이기 시작하는 차량의 행렬.

차량이 이동하며 천호령 회장이 공명제 비서에게 물었다.

"한상제 변호사 가족들은 어떻게 되었지?"

"아내하고 딸이 남았는데 캐나다로 떠났다고 합니다."

천호령 회장이 고개를 끄덕였다.

"됐어. 그럼 놔둬. 대신 다시는 못 들어오게 만들어."

"네, 알겠습니다."

"내가 어떻게 이 나이까지 이 자리에 앉아 있는 줄 아나?"

"……."

"잡초는 싹만 보여도 뜯어 버렸으니까 가능한 거야."

비서는 회장이 하는 말이 마치 자신에게 하는 말같이 들렸다.

쓸데없는 생각 말고 할 일이나 잘하라는 뜻.

비서가 고개를 끄덕이며 입을 열었다.

"네, 알겠습니다."

그렇게 차량이 도착한 곳은 송파 외곽 남한산성 아래 기와가 멋들어진 한정식집이었다.

천호령 회장은 안내받아 한정식집의 VIP 룸으로 이동했다.

VIP 룸으로 들어가는 미닫이문, 양옆에 서 있던 경호원들은 천호령 회장을 보자 고개를 숙여 예를 갖췄다. 그리고 '드르르륵' 하고 문을 열었다.

안에는 대한민국 여야의 핵심 인물들이 길게 뻗은 테이블에 좌우로 앉아 있었다.

미닫이문이 열리며 천호령 회장이 나타나자 일제히 일어

나는 의원들. 그들이 고개를 숙이자 천호령 회장은 사람 좋은 미소를 지으며 그들의 사이를 거침없이 걸어갔다.

여든 후반의 나이였지만 그의 어깨는 반듯했고 걸음걸이 역시 힘찼다.

천호령 회장은 자연스럽게 가장 끝에 있는 상석에 섰다. 그리고 호탕한 웃음과 함께 자리에 앉으며 입을 열었다.

"아, 미안해요. 오래 기다리지는 않았는지 모르겠구만."

"괜찮습니다!"

국회의원이 아니라 이등병으로 볼 수 있을 정도로 힘찬 대답이었다.

"앉아요. 앉아. 나라를 위해 일하는 분들인데 계속 세워 둘 수는 없지요."

천호령 회장의 말이 있고서야 의원들은 자리에 앉았다.

천호령 회장은 앉아 있는 그 모습조차 반듯했다.

그는 의원 한 명 한 명의 얼굴을 정겨운 듯 바라봤다. 그런 그의 시선이 한 국회의원 앞에서 머물렀다.

"밥 먹을 때는 일 얘기하는 거 싫어하니까, 빨리 끝내지. 그쪽 지역에 백화점이 필요하다고 했나?"

질문을 받은 국회의원은 테이블에 머리를 박을 듯 힘차게 고개를 숙였다. 그리고 큰 목소리로 대답했다.

"네! 백화점 하나만 지어 주시면……. 지원은 최대한 해 드리도록 하겠습니다."

지역에 백화점, 마트가 있는지 없는지에 따라 집값의 차이가 벌어지기도 했다. 마트나 백화점이 가까울수록 집값에 차이가 있다는 것은 누구나 알고 있는 일이니까.

그리고 국회의원들은 자신의 임기 동안 백화점이나 마트를 유치했다는 업적을 내고 못 내고에 따라 재선의 유무가 갈리기도 했다.

그런데 그 백화점과 마트가 들어오고 나가는 것을 결정하는 사람, 그 사람이 바로 천호령 회장이었다.

천호령 회장이 고개를 끄덕였다.

"검토해 보도록 하지."

"감사합니다!"

국회의원은 마치 금덩이를 받은 것처럼 큰 소리로 답했다.

천호령 회장이 좌중을 둘러보며 천천히 입을 열었다.

"그래, 김희우가 떠난 국회의 분위기는 어떻습니까? 몇 개월이 지났는데 괜찮나요?"

의원들이 너 나 할 것 없이 답했다.

"모두들 반기는 분위기입니다. 솔직히 어린놈이 그동안 너무 까불었지요."

"여의도로 다시는 오지 않는다고 하니까 속이 시원합니다."

"재산도 다 처분했다고 하니 이제 걱정할 것은 없다고 생각합니다."

"신경 쓸 필요도 없지요. 놈이 백이나 인맥이 있는 것도

아니고 집안이 좋았던 것도 아닌데 그 많던 돈까지 없으니
뭘 할 수 있겠습니까?"

국회의원들의 한마디.

그들은 김희우가 위에 있을 때는 뭘 해 먹기가 어려웠다.

그런데 이제 김희우가 정계를 떠났으니 자유의 몸.

의원들의 목소리를 들으며 천호령 회장은 어떤 말도 하지
않은 채 슬쩍 미소를 지어 보였다.

서울 송파구의 한 아파트 단지.

5천 세대가 넘는 대단지로 오랜 시간이 지나 많이 낡은 아
파트였다. 그곳에 법무 법인 KMS의 대표 강민석 변호사의
차가 들어섰다.

그는 주차할 자리를 찾아 시선을 두리번거리며 미간을 찌
푸렸다.

"정말 주차하기 힘드네."

차를 주차하고 내린 강민석 변호사는 높게 오른 아파트 건
물을 올려다봤다. 그리고 천천히 목적지를 향해 걸어갔다.

엘리베이터를 타고 내린 곳에서 초인종을 누르자 희우가
고개를 내밀었다.

"오셨어요?"

밝은 표정.

하지만 강민석 변호사는 인상을 찌푸렸다.

"넌 돈도 많은 애가 왜 계속 여기에 살고 있어?"

"하하, 이제 돈 없어요. 그리고 여기 비싸요."

"네가 벌어들인 돈을 생각해 봐라. 이걸 비싸다고 하겠냐?"

희우는 머리를 긁적였다.

분명 많은 돈을 벌긴 했다. 하지만 이제는 정말 이 집이 재산의 전부였다. 필요한 금액만 놔두고 전부 사회에 환원해 버렸으니까.

강민석 변호사가 집 안으로 들어오며 장난스럽게 말을 이었다.

"하필이면 왜 여기야? 우리 부모님 사시는 곳이랑 가까우니까 자주 찾아올 수밖에 없잖아?"

부모님 댁과 가깝다는 핑계를 대며 자주 찾아오는 강민석 변호사를 보며 희우는 그만 웃어 버리고 말았다.

그가 이 집에 사는 이유는 대단하지 않았다. 그저 어릴 때부터 이 아파트에 살아 보는 게 꿈이었다.

어린 시절을 어렵게 보냈던 희우는 고등학교를 집과 먼 곳으로 배정받았다. 그 고등학교가 바로 이 아파트 단지 앞에 있는 학교였다.

학교와 멀리 떨어진 주택단지에 살던 희우는 그저 대부분의 학생이 살던 이 아파트에 한 번쯤 살아 보고 싶었을 뿐이다.

강민석 변호사는 현관에서 신발을 벗으며 계속 장난기로 가득한 말을 이어 갔다.

"나도 여기 살았으니까, 내가 이사 가기 전에 왔으면 좋았잖아? 그럼 편하게 자주 보고."

"가뜩이나 일 때문에 집에 잘 못 들어가시는 걸로 아는데 저랑 자주 만났으면 사모님이 싫어하지 않으셨을까요?"

강민석 변호사가 장난스럽게 웃으며 답했다.

"아내한테는 당연히 비밀이지."

강민석 변호사가 거실 안으로 들어오자 희우의 아내인 희아가 앞으로 걸어와 가볍게 고개를 숙였다.

"오셨어요? 식사 준비해 뒀어요."

"이거 번번이 죄송합니다. 이렇게 찾아오지 않으면 이 녀석 얼굴을 보기가 힘들어서요."

강민석 변호사 역시 아내에게 가벼운 목례로 인사를 대신했다. 그때 아내가 고개를 갸웃거리며 물었다.

"그런데 아내한테는 비밀이란 게 뭐예요?"

"네? 하하, 남자들끼리의 비밀이라는 거죠."

아내가 강민석 변호사를 살짝 흘겨봤지만 그게 전부였다. 두 사람이 특별히 문제 될 행동을 하고 다닐 사람들이 아니라는 걸 그녀는 잘 알고 있었다.

식탁으로 이동한 그들은 아내가 마련한 정겨운 식사를 시작했다.

된장찌개, 김치, 오이소박이 등의 평범한 반찬이었지만 정성 가득한 음식.

한참 식사를 하던 강민석 변호사가 입을 열었다.

"계속 백수로 있을 거야?"

희우는 고개를 저었다.

"아뇨."

"응?"

지금까지 몇 번을 찾아와 함께 일하자고 설득했던 강민석 변호사였다. 하지만 그때마다 희우는 백수로 지내는 게 좋다며 강민석 변호사의 청을 거절했다.

그런데 희우가 갑자기 백수로 지내지 않겠다고 하다니…….

강민석 변호사가 눈을 껌뻑이며 희우에게 물었다.

"그럼 와서 일할 거야?"

"네."

"진짜?"

"네."

희우의 대답에 놀란 것은 강민석 변호사뿐만 아니라 아내도 마찬가지였다.

강민석 변호사가 크게 웃으며 말했다.

"이게 삼고초려의 묘미구나? 내가 도대체 너를 몇 번이나 찾아왔는지 알고 있어?"

희우는 어깨를 으쓱했다.

"하하, 노는 게 좋았으니까요."

옆에서 희우를 바라보던 아내가 물었다.

"하루 종일 나하고 붙어 있는 게 좋다면서 이제는 일하려고 하는 거야?"

"응. 조금 있으면 애가 태어나는데 분유값은 벌어야지."

강민석 변호사가 희우에게 다시 물었다.

"진짜 일하는 거지?"

"하하, 그렇다니까요. 누가 들으면 제가 몇 년은 놀고 있는 줄 알겠네요."

강민석 변호사가 고개를 저었다.

"아니, 난 솔직히 오늘도 거절당할 줄 알았거든. 그럼 휴가는 잘 끝낸 거지?"

"네, 푹 쉬었습니다."

강민석 변호사가 아내를 바라보며 말을 이었다.

"희우가 고등학교 때, 정의로운 법조인이 되고 싶다고 했습니다. 그런데 이제 꿈을 펼칠 시기가 되었네요."

강민석 변호사의 간지러운 말에 희우가 어색하게 웃으며 말했다.

"저 검사 했었는데요? 검사도 법조인이에요."

이야기를 듣고 있던 아내가 희우에게 물었다.

"그런데 왜 지금까지 변호사를 안 하려고 했어?"

희우의 입가에 순간적으로 쓸쓸한 미소가 끼었다.

"내가 얼마 전까지 국회라는 곳에 있었잖아. 나라의 균형을 잡는 법을 만드는 국회의원들, 그 사람들이 법이라는 것을 어떻게 만드는지 강민석 변호사님이 보셨다면 법조인이라는 직업에 환멸을 느끼셨을 거야."

날치기 법안 통과, 자신에게 돈을 준 사람이 유리할 수 있도록 만드는 법을 밀어 넣기, 민생과는 상관없이 여론에 따라 만들어지는, 또는 좋은 법안임에도 불구하고 무조건 상대 당에 반대하기 위한 반대로 인해 처리되지 못하는 법!

법은 그렇게 만들어지고 있었다.

그 법을 행하기 위해 법조인이 되었지만 그 법이 그런 식으로 만들어지는 것을 본 이상 다시 하고 싶은 마음은 들지 않았다.

강민석 변호사가 고개를 끄덕였다.

"그러니까 우리 같은 사람들이 있어야지. 그런 법을 가지고도 공평한 세상을 만들어야 하니까."

말을 하던 강민석 변호사가 고개를 갸웃거렸다. 그리고 말을 이었다.

"그런데 갑자기 왜 하려는 거야?"

강민석 변호사의 질문에 희우가 입을 열었다.

"글쎄요. 해야 할 일이 생긴 것 같아서요."

희우는 그렇게만 말할 뿐, 제왕 그룹이나 한상제 변호사에 대한 이야기는 하지 않았다. 그게 더 낫다고 생각한 것이다.

잠시 생각하던 희우가 다시 입을 열었다.

"잠깐만요."

희우는 자리에서 일어서 방으로 들어갔다가 나왔다. 그의 손에는 서류 봉투가 쥐여 있었다.

"이거 읽어 보시겠어요?"

"응? 뭔데?"

강민석 변호사는 희우가 건넨 서류를 받아 들고 펼쳤다. 그리고 앞에 적힌 제목을 천천히 읽어 내려갔다.

"지적장애인이 고등학생을 폭행해 숨지게 한 혐의?"

"네, 알고 계시죠?"

강민석 변호사의 미간이 찌푸려졌다. 그가 말했다.

"이 사건, 여론이 좋지 않은 일이야."

"알고 있어요. 그래서 다른 회사도 수임을 맡고 있지 않는 사건이죠. 결국은 국선으로 넘어갈 사건."

"우리 쪽에도 연락이 왔었는데 인력도 부족하고 솔직히 돈이 될 사건이 아니야."

돈도 되지 않는데 여론에는 질타를 맞을지 모르는 사건이었다. 그래서 대형 로펌에서는 해당 사건의 의뢰가 왔지만 기피하는 중이었다.

희우가 입을 열었다.

"그 인력은 제가 대신하겠습니다."

강민석 변호사가 어색하게 웃었다.

"어쩐지 쉽게 들어온다고 했더니, 이런 사건을 가지고 오는 거였어?"

"네."

강민석 변호사가 한숨을 내쉬었다.

"여론이 좋지 않은데, 할 수 있겠어?"

"글쎄요. 누명을 쓴 억울한 사건 같아서요. 일단 해 봐야겠죠."

강민석 변호사는 사람 좋은 미소를 지었다. 그리고 더 묻지 않고 고개를 끄덕였다.

"좋아. 해 봐. 회사에서 전폭적으로 지지해 주지."

"감사합니다."

하지만 그렇게 말하는 강민석 변호사의 눈은 다시 서류에 가 있었다.

장난기로 가득했던 눈빛은 없었다.

진지한 눈빛, 날카로운 눈빛이었다.

장애인이 고등학생을 폭행하여 사망에 이르게 한 사건이었다. 미래가 창창한 학생이 죽음에 이르렀기에 여론은 좋지 않았다.

강민석 변호사와 희우가 아무 말 없이 앉아 있자 아내는 자리에서 일어났다. 그리고 다 먹은 식기를 치운 후 차를 타기 시작했다.

주방에는 찻잔에 스푼이 저어지는 소리만 들릴 뿐이었다.

그리고 아내가 차를 내왔을 때, 희우가 입을 열었다.

"지적장애인 이정근의 키는 168센티미터에 몸무게 57킬로그램. 사망한 고등학생 조용희는 179센티미터에 102킬로그램. 체격으로만 봤을 때도 말이 안 되지 않나요? 그리고 조용희는 학교에서 괴롭힘을 받고 있었다는 의혹이 있습니다."

강민석 변호사가 고개를 끄덕였다.

"그래, 하지만 괴롭힘을 받았다는 것은 추정일 뿐이야."

"네, 학교에서는 쉬쉬하고 있으니까요. 하지만 사망한 학생의 몸에서는 오래전부터 맞아 온 흔적이 보였습니다."

"이정근의 진술은?"

"자기가 했다고 인정하고 있습니다. 뭘 했다고 인정하는지는 자신도 모르는 것 같습니다."

강민석 변호사의 표정이 다시 진지해졌다.

168센티미터, 57킬로그램의 지적장애인이 흉기를 사용하지 않고 두 주먹을 불끈 쥔 채 179센티미터에 102킬로그램의 학생을 때려죽일 수 있을까?

가능은 하겠지만 어려운 일이다. 게다가 사건 현장을 찍은 사진을 보면 피해자가 반항한 흔적이 보이지 않았다.

하지만 용의자가 인정한다면 뒤집기 어렵다. 더욱이 담당 검사의 이름이 박승환이었다.

강민석 변호사가 말했다.

"박승환 검사 알지?"

"네, 대학 동기니까요."

희우와 대학 동기이자 이전의 삶에서는 최고의 악질 변호사였던 박승환. 하지만 지금은 한번 사건을 물면 놓지 않는 집요한 성격의 검사였다.

즉, 어떻게든 상대방의 죄를 물어 감옥에 보내고자 하는 집요함이 그 누구보다 큰 인물이었다.

희우는 박승환을 떠올리며 최근 '미친개'라는 별명으로 불린다는 소문을 들은 것을 떠올렸다.

강민석 변호사가 다시 입을 열었다.

"박승환 검사를 이길 수 있어? 사건 파일을 보니 마땅한 단서도 없는데?"

"네, 아직은 없습니다."

"네가 하면 뭐라도 나오겠지."

강민석 변호사는 싱그러운 미소를 보내며 찻잔을 들어 올렸다.

희우는 강민석 변호사의 앞에 있던 서류를 끌어와 자신의 앞에 놓으며 말을 이었다.

"시작은 며칠 후부터 하겠습니다."

분명 국회의원 임기를 마치고 아무 일도 하지 않고 집에 있던 희우였다. 일명 백수. 그런데 그런 희우가 무슨 스케줄이 있다고 저러는지 알 수 없었다.

희우의 말에 강민석 변호사도 그리고 아내도 고개를 갸웃거렸다.

두 사람이 빤히 바라보자 희우가 아내를 물끄러미 바라봤다.

"우리, 부모님이랑 여행 다녀오기로 했잖아."

"아, 맞다. 내가 건망증이 심해져서 깜빡깜빡하나 봐."

희우가 슬쩍 웃으며 강민석 변호사를 바라보며 말했다.

"그럼 여행 다녀온 후에 바로 일을 시작할 수 있게 먼저 좀 알아봐 주시겠어요?"

"뭐든지 이야기해."

희우는 사건 해결에 필요한 것을 이야기했다.

늦은 밤이었다.

희우는 책상에 앉아 다시 서류를 펼쳐 보고 있었다.

사락거리는 종이 넘기는 소리만 들려왔다.

짧은 시간 동안 희우는 이전의 삶에서 일어났던 사건을 잊고 세상을 즐겼다.

하지만 그로 인해 연수원 동기였던 한상제가 죽었다.

이전의 삶을 계속해서 기억하고 있었더라면 제왕 그룹의 변호사 중 한 명이 죽었다는 것과 그 사람의 이름이 한상제였다는 것까지 떠올렸을 것이다.

하지만 희우는 희대의 권력자에게만 집중하며 다른 것을

떠올리지 못했다. 그로 인해 한상제가 죽고 다섯 살의 여자애가 엄마 손을 쥐고 대한민국에서 쫓겨나 버렸다.

희대의 권력자와 싸웠던 희우다.

이제는 역사상 가장 많은 돈을 가지고 있는 사람과 싸워야 한다.

그게 그의 숙명.

'다시 인생을 사는 조건으로 세상의 불합리한 일들을 잡아라.'라는 누군가의 목소리가 들리는 것만 같았다.

희우는 잠시 서류를 덮었다.

장애인 살인 사건.

억울한 누명을 쓰고 감옥에 살게 될 장애인에 대한 일이다.

직접 이 사건을 맡지 않았기에 세세하게 기억나지는 않았지만 분명한 것은 알고 있었다.

이 일에 연관된 사람 중 한 명은 제왕 그룹과 관련되어 있다.

그 한 명을 잡고 위로 올라간다.

그렇게 하면 뭔가가 보이기 시작할 것이다.

서류를 보던 희우가 중얼거렸다.

"이 사건은 제왕 그룹과 연결될 끈이야."

며칠 후, 희우가 부모님과 함께 도착한 곳은 제주 공항이었다.

주차장에 있는 렌터카 업체에서 차량을 빌려 숙소로 향했다.

차량이 이동하는 동안 희우의 어머니 미옥과 아내는 뭐가 좋은지 계속해서 쉬지 않고 재잘거렸다.

고부간의 갈등이 있다고 하는데 이 가족에게는 그런 것이 없었다.

조수석에 타고 있던 아버지 찬성이 운전하는 희우에게 입을 열었다. 희우에게만 들릴 아주 작은 목소리였다.

"가면 소주는 있냐?"

"소주요?"

아버지 찬성이 조용히 말한다고 노력했지만 희우의 목소리가 컸다. 동시에 뒷좌석에서 아내와 함께 이야기하고 있던 어머니 미옥의 목소리가 멈췄다. 그리고 그녀의 시선이 조수석에 앉아 있는 아버지 찬성에게 향했다.

"여기까지 와서 또 술이에요!"

"뭐, 좀, 그, 마셔도 되잖아?"

"술이라고 하면 정말 지긋지긋하니까 그만 마셔요."

아버지 찬성은 희우를 못마땅하게 바라봤다. 희우가 '소주요?'라고 크게 대답하지 않았다면 이런 난감한 상황은 없었을 테니까. 아버지 찬성은 그저 헛기침만 내뱉을 뿐이었다.

희우가 운전하며 슬쩍 아버지를 바라봤다.

젊은 시절에는 그렇게 당당했던 아버지는 어느새 어머니

의 눈치를 보며 살고 있는 이 시대의 평범한 가장으로 바뀌
어 버렸다.

그렇게 한 시간을 달려 도착한 숙소는 가까이 바다가 보이
는 멋진 리조트였다.

풍력발전소가 보이는 해안 도로도 달리고 회도 먹고 소주
를 시켜 달라고 보채는 아버지와 옆에서 째려보는 어머니까
지, 행복한 가족이었다.

그렇게 즐거운 하루를 보내고 밤을 맞이했다.

부모님이 방에 들어가시고 희우와 아내는 테라스에 앉아
시원한 바람을 맞으며 검은 바다에 시선을 멈추고 있었다.

희우가 커피를 손에 들어 마시자 아내가 물었다.

"밤늦게 커피 마시는데 잠잘 수 있겠어?"

"응, 난 커피랑 상관없이 잠은 잘 오던데."

"나도 커피 마시고 싶다."

임신한 아내는 좋아하던 커피를 일체 손대지 않았다.

희우가 슬쩍 웃었다.

"나중에 실컷 마셔."

아내는 팔을 쭉 펴며 기지개를 폈다.

"아, 좋다."

멀리 들려오는 파도 소리도, 시원하게 불어오는 바람도 좋
았다.

그런 아내의 미소를 보며 희우가 물었다.

"진짜 좋아?"

"좋지."

"다 버리고 왔는데 괜찮아?"

"뭘 다 버려?"

그녀는 무슨 말을 하냐며 눈을 동그랗게 뜨고 희우를 바라봤다.

천하 그룹의 막내딸로 태어나 잠깐이었지만 천하 그룹의 총수까지 했던 여자. 그런 여자가 모든 걸 내려놓고 한 남자의 아내로 살고 있다.

가지고 있던 재산은 자신들이 쓸 만큼만 남겨 둔 채 재단에 넘기고서……

희우의 말뜻을 이해한 아내의 입에 조용한 미소가 담겼다. 그리고 물었다.

"그럼 여보는 괜찮아?"

"뭐가?"

"여보도 다 버렸잖아."

희우가 고개를 저었다.

"난 버린 게 아니지. 빌렸던 걸 다시 돌려준 거지."

그가 이룩한 자산. 그것은 거물 정치인과 싸우기 위해 필요한 무기였을 뿐이다.

그리고 그 무기를 만드는 과정에서 많은 사람들이 피해를 봤다는 것을 알고 있었다.

그래서 거물 정치인과의 싸움이 끝났을 때, 그는 그가 가졌던 것을 다시 세상에 뿌렸다.

아깝지 않았다.

아쉽지도 않았다.

돈이야 원한다면 언제든 다시 벌 수 있다는 자신감이 있었으니까.

세상은 희우의 눈에 한없이 작아 보였으니까.

아내의 시선이 조용히 바다를 향했다.

"난 정말 안 아까워. 원래 그러고 싶었어."

아내를 보며 희우는 빙긋이 미소 지었다.

돌이켜 보면 아내는 거대한 부가 아닌 자유를 꿈꾸고 있었다.

잠시 바다를 바라보던 아내가 작게 입을 열었다.

"나도 아빠 보고 싶다……."

막내딸인 아내를 끔찍이도 아꼈던 아내의 아버지.

손주가 태어난다면 체신도 버리고 즐거워했을 아버지가 그녀의 눈에 선하게 그려졌다.

다시 시원한 바람이 불고 먼바다에서 파도 소리가 들려올 때 희우가 입을 열었다.

"난 가족과 함께하고 싶었는데, 조금 더 해야 할 일이 생겼어."

아내는 아무 말도 하지 않고 희우의 목소리에 귀를 기울였다.

희우가 말을 이었다.

"내 어렸을 때의 이야기, 해 줬지?"

희우의 부모님인 찬성과 미옥, 그들은 가난한 부부였다.

밤에 일을 나갔고 아침에 들어왔다. 일이 많을 때는 점심이 다 되어서야 들어왔다. 부모님과 달리 희우는 낮에 일어났고 밤에 잠을 잤다. 부모님이 오실 시간에는 학교를 갔고 부모님이 출근하실 시간에 집에 들어왔다.

그게 싫었다.

일에 치이지 않고 가족과 함께 살고 싶었다.

그래서 자신의 아이가 태어나면 오랜 시간을 함께 보내고 싶다고 다짐했다.

하지만 그 다짐을 조금 미뤄야 한다.

더 큰 놈을 잡기 위해서.

희우의 말을 듣고 있던 아내가 고개를 끄덕였다.

그녀는 희우가 하는 말이 어떤 의미인지 잘 알고 있었다. 그녀 역시 바쁜 아버지를 두고 자라며 부모의 정을 그리워했으니까.

그녀가 입을 열었다.

"여보는 지금이 어울려. 불쌍한 사람을 돕는 거. 내가 그거에 반했잖아."

희우의 입가에 잔잔한 미소가 걸렸다.

"이번 사건은 조금 오래 걸릴 것 같아. 그래서 미리 미안하다고 하는 거야."

아내가 고개를 돌려 희우를 바라봤다.

"이번 사건 뒤에 뭐가 있는 거야?"

아내는 희우의 성격을 잘 알고 있었다.

그가 이런 말을 한다는 것은 더 큰 무엇인가를 잡기 위해 움직인다는 뜻이다.

희우가 고개를 끄덕였다.

"그런 것 같아."

아내의 시선이 멀리 검은 바다로 향했다.

"여보는 세상을 위해 살아야 할 책임이 있어. 내가 뒷바라지 잘해 줄 테니까 마음껏 하고 싶은 대로 사세요."

희우의 눈도 검은 바다로 향했다.

아무것도 보이지 않는 검은 바다. 멀리 들리는 파도 소리를 들으며 두 부부는 가만히 앉아 있었다.

잠깐의 시간이 지났다.

하품을 하는 아내를 보며 희우가 말했다.

"들어가."

아내가 고개를 끄덕이며 자리에서 일어섰다.

"나 먼저 들어가 잘게."

"그래."

아내는 베란다 문을 열고 안으로 들어갔다.

다시 파도 소리만 귓가에 들려올 뿐이었다.

희우는 테이블 위에 놓인 커피를 들어 마셨다.

어게인
마이라이프
SEASON2

그의 눈에 다시 검은 바다가 들어왔다.

검은 바다는 욕망을 담아 꿈틀거리는 것만 같았다.

낮에 햇빛을 받아 푸르던 바다는 이제 검은 빛만 남긴 채 거친 파도를 만들어 내고 있었다.

마치 그것은 인간의 양면성과 같게 느껴졌다.

빛이 있는 곳에서는 선한 척하지만 뒤에서는 악한 그것!

희우가 검은 바다를 보며 중얼거렸다.

"돈 많은 놈과의 싸움."

단지 기업의 비리를 잡고 바로 세우기에는 문제가 컸다.

한상제라는 변호사를 죽음으로 몰고 간 이유는 단순한 세무 비리에서 끝날 일이 아닐 것 같았다.

그 뒤에는 분명 제왕 그룹의 황제라 불리는 천호령 회장이 앉아 있을 것이다.

천호령 회장.

누군가는 기업의 창업자로서, 지금까지 살아 있는 유일한 1세대 재벌로서 존경심을 표했다.

또 다른 누군가는 서민의 등골을 뽑아 먹고사는 악덕 재벌로 욕했다.

희우는 천호령 회장을 돈이라는 이름의 욕망에 잡아먹힌 괴물로 생각하고 있었다.

천호령 회장을 잡으려면 제왕 그룹과 싸워야 한다.

희우의 생각이 천호령 회장에게서 제왕 그룹으로 이동했다.

제왕 그룹과 이 사회는 얽힌 게 너무도 많았다.

정계는 물론이고 임직원이 약 20만 명에 달했다.

거기에 하청 업체의 숫자까지 더한다면 그 숫자는 더욱 커질 것이다.

생각을 이어 가던 희우는 목이 타는 것을 느꼈다.

경제를 지탱하고 있는 한 기둥이 무너지면 그 뒤에 있을 후폭풍은 감당하기 힘들 것이다.

희우는 커피 잔을 들어 다시 마른목을 적셨다.

어쩔 수 없었다.

적당히 싸움을 시작한다면 당하는 것은 오히려 희우 쪽일 테니까.

상대를 완전히 무너뜨릴 생각으로 움직여도 이길 수 있을지 가늠이 되지 않았다.

하지만 일단 싸움을 하기로 한 이상 철저하게 파괴할 생각으로 움직여야 한다. 잠깐의 머뭇거림은 죽음보다 더한 고통으로 돌아올 수도 있다.

그리고 회사를 무너뜨리며 발생할 부작용.

그래도 지금은 치유할 수 있다. 그렇기에 시간이 더 지나 치유할 수 없을 정도가 되기 전에 뿌리 뽑아야 한다고 생각했다.

희우의 입에서 작게 한숨이 내쉬어졌다.

어찌 보면 희대의 권력자보다 더 강력한 상대가 제왕 그룹과 천호령 회장이다.

놈들에게는 비리를 건드린다고 해도 돈으로 무마할 수 있는 힘이 있었다.

검찰에 넘겨 봤자 분명 방송국 카메라 앞에 서서 '성심성의껏 조사받고 오겠습니다.'라는 모범 답안을 읊으며 들어갔다가 휠체어를 타고 빠져나올 게 뻔했다.

그럼 불매운동을 하면 되지 않느냐고?

마트, 식료품, 백화점, 홈쇼핑, 방송국 등등 대한민국에서 제왕 그룹의 영향을 받지 않고 살아갈 사람은 없다.

게다가 가장 큰 강점은 그들에게 명예라는 단어는 존재하지 않는다는 것이다. 그들에게는 오로지 돈을 위한 탐욕만 있을 뿐이었다.

생각을 이어 가는 희우의 눈에 서슬 퍼런 빛이 번쩍였다.

그가 낮은 목소리로 입을 열었다.

"긴 싸움이 될 거야."

그 시각, 서울 서초구의 한 일식집.

미닫이문이 닫혀 있는 그곳에 두 남자가 앉아 있었다.

한 남자는 현재 국회에서 큰 권력을 쥐고 있는 황진용 의원이었고, 맞은편에 앉아 있는 남자는 한국당 대표 정한구였다.

한국당 대표 정한구가 입을 열었다.

"아무래도 다른 의원들의 동향이 심상치 않습니다. 지난 총선에서 새로 들어온 초선 의원들이 진규학 의원에게 몰리고 있습니다."

황진용 의원의 눈썹이 꿈틀거렸다.

"진규학 의원요?"

"네, 김희우 의원이 떠나면서 국회에 구심점이 사라져 버린 거죠. 서로 이득이 될 만한 사람을 찾아서 움직이는 것 같은데 그중에 진규학 의원이 있는 것 같습니다."

황진용 의원은 조용히 술잔을 들어 입에 댔다.

"진규학 의원이 제왕 그룹 이사 자리에 있던 사람이죠? 내 생각에 그 사람은 그럴 그릇이 되지 않아요. 그 뒤에 누가 있지요?"

진규학 의원은 기업가 출신의 국회의원이었다. 그래서 초선임에도 많은 힘을 가지고는 있었지만 국회의 중심이 되기에는 무리라는 평가를 황진용 의원은 내리고 있었다.

"네, 저도 그렇게 생각해서 알아봤는데……."

한국당 대표 정한구는 말끝을 흐렸다.

뭔가 말하기 조심스럽다는 표정이었다.

황진용 의원이 그를 채근했다.

"말씀하세요."

"아무래도 제왕 그룹 천호령 회장이 있는 것 같습니다."

"······!"

황진용 의원의 눈에 느낌표가 새겨졌다.

천호령 회장이라니.

그는 지금까지 그룹의 일만 하던 사람이었다. 그런데 그런 사람이 왜 정계의 인물들에게 왜 혼란을 주려 한단 말일까?

한국당 정한구 대표가 입을 열었다.

"천호령 회장이 이제야 후계를 생각하는 것 같습니다."

황진용 의원이 고개를 끄덕였다.

천호령 회장의 나이는 여든 후반. 지금까지 후계를 결정하지 않았던 그가 움직이기 시작했다.

충분히 가능성 있는 이야기다.

하지만 가능성일 뿐이었다.

황진용 의원이 물었다.

"그런데 천호령 회장은 죽기 직전까지 누구에게도 후계를 계승하지 않을 거라고 하지 않았나요?"

권력은 아들과도 나누지 않는다는 말을 잘 이행하고 있는 천호령 회장이었기에 의문이 가기에는 충분했다.

한국당 대표 정한구가 고개를 끄덕였다.

"나이가 들면서 바뀌는 게 인생관 아니겠습니까?"

"그럴 수도 있죠. 어쨌든 그 말이 사실이라면 세상이 혼란스러워지겠군요. 그럼 진흙탕 싸움을 할 때 대중의 눈을 가리기 위해 정치권 인사를 영입하는 걸까요?"

가능한 말이었다.

대중이 눈치챈 후계 권력 구도의 싸움은 자칫 그룹의 분열로 이어질 수 있으니까.

한국당 대표 정한구가 조심스레 입을 열었다.

"정치 이슈야말로 국민들의 눈을 돌리기 좋으니까요."

말을 마친 정한구 대표가 조금 머뭇거리더니 힘겹게 다시 입을 열어 물었다.

"그런데 김희우 전 의원은 정말 정계에서 은퇴한 겁니까?"

황진용 의원이 술잔을 들어 마시다가 고개를 끄덕였다.

"네, 이제 자신의 인생을 살고 싶다고 합니다."

"진짜로 재산 같은 것도 처분한 겁니까?"

한국당 대표 정한구를 보는 황진용 의원의 눈살이 찌푸려졌다.

황진용 의원의 눈치를 보며 한국당 정한구 대표가 입을 열었다.

"김희우 전 의원하고 연락하는 분이 의원님밖에 없어서 여쭤 본 겁니다. 사실 그렇지 않습니까? 젊은 나이에 그런 힘을 손에 넣었는데 아무렇지도 않게 버리고 간다는 게 미심쩍어서요."

황진용 의원이 고개를 저었다.

"나도 눈과 귀가 있어서 알고 있어요. 의원들이 김희우를 달갑게 생각하지 않는다는 걸요. 하지만 조금만 생각해 보세

요. 김희우가 왜 그 나이에 검사복을 벗고 국회에 들어왔는
지요."

"……."

"김희우는 저와 독대할 때면 계속 검찰로 돌아가고 싶다고
했습니다. 국회에 들어온 이유를 끝냈으니 있을 필요가 없는
거죠. 그러니까 떠난 겁니다. 김희우를 보통 사람하고 똑같
이 보지 마세요."

"하하, 알겠습니다."

두 사람의 술자리는 그렇게 끝났다.

한국당 정한구 대표는 집으로 향하는 차량에 올라 전화를
손에 쥐었다.

"황진용 의원에게 물어봤지만 김희우는 정말 아무것도 없
는 것 같습니다. 속된 말로 개털이 되었다고 하죠. 회장님께
걱정하실 필요 없다고 전해 주십시오. 하하하하하."

차량은 한국당 정한구 대표의 기분 나쁜 미소만 남긴 채
도로를 이동하고 있었다.

며칠 후, 송파의 한 아파트.

희우는 거울 앞에 서서 간편한 트레이닝복에 모자를 눌러
쓰고 있었다.

그때 그의 옆에 아내가 와서 섰다.

"뭐 해?"

"일하러 가야지."

아내가 다시 물었다.

"그럼 오늘부터 강민석 변호사님 사무실 가는 거야?"

"사무실에 갈지는 모르겠네?"

아내는 거울을 보고 다시 거울 앞 희우를 번갈아 봤다. 그리고 뭔가 고민하는 표정으로 그를 찬찬히 위아래로 훑었다.

"모자를 쓰는 이유는?"

"사람들이 알아보면 피곤하니까."

아내는 심각한 표정으로 고개를 저었다.

"모자라. 모자라. 그 정도는 자세히 보면 충분히 알아볼 수 있어."

"그래?"

희우는 다시 모자를 푹 눌러써 봤다.

그런 희우를 보던 아내가 서랍을 열어 검은 선글라스를 꺼내 들었다.

"써 봐."

모자에 선글라스까지…….

친분이 있는 사람이라고 해도 알아보기 힘든 모습이었다.

아내가 기분 좋게 웃으며 고개를 끄덕였다.

"나도 못 알아보겠네."

"정말?"

"당연히 거짓말이지. 난 여보를 100미터 밖에서 봐도 알아볼 수 있어. 어쨌든 그 정도면 다른 사람은 못 알아볼 거야."

희우는 정치를 하며 많은 사람들이 알아보는 얼굴이 되었다. 그래서 편하게 사건을 조사하고 이동하기 위해서 가벼운 변장은 필수적인 일이 되어 버렸다.

희우는 거울을 보며 만족스러운 표정으로 아내에게 물었다.

"어때?"

아내가 엄지손가락을 척 들어 올리며 답했다.

"완벽해. 역시 당신은 어려운 사람을 도와줄 때가 제일 잘 어울려."

"잘생겼다 같은 말은 안 해?"

"잘생겼어. 미남이야."

"하하."

희우는 아내에게 손을 흔들며 집 밖으로 나섰다.

엘리베이터를 타고 아래로 내려가는 길.

차량을 향해 걸어가는 길.

희우는 자신의 걸음이 평소와 조금 다르다는 것을 느꼈다.

왠지 기분이 좋은 느낌이었다.

희우가 시선을 들어 맑은 하늘을 바라봤다. 그리고 활짝 웃었다.

"몇 년 만이야?"

법조인의 삶을 시작하는 것, 몇 년 만인지 알 수 없을 정도로 까마득하게 느껴졌다.

　검사복을 벗은 후 다시는 느끼지 못할 거라고 느꼈던 이 삶.

　날치기 법안 통과를 보며 법조인이 되었던 것을 부끄럽게 느꼈던 그때.

　그런 것은 상관없었다.

　그저 지금이 좋았다.

　설렜고, 자신도 모르게 들떴다.

　희우의 변호사로서의 첫걸음이 내디뎌지고 있었다.

Chapter 2

　차량에 올라탄 희우는 시동을 걸지 않고 사건 서류를 다시 한 번 확인했다. 이미 외우다시피 한 사건 내용이었지만 빠진 것이 있는지 훑어보는 중이었다.

　하나의 단서라도 놓치지 않기 위한 행동.

　일단 직접 찾아가 보기로 했다.

　현장은 이미 정리되어 있겠지만 직접 보는 것과는 큰 차이가 있었다.

　다행히 사건이 일어난 현장은 멀지 않았다.

　차량의 시동을 걸고 액셀러레이터를 밟은 희우는 현장을 향해 출발했다.

　잠시 후 차량이 도착한 곳은 서울의 재건축 아파트였다.

재건축 이주가 시작되며 대부분의 주민들이 이사했기에 이제 남아 있는 사람은 거의 없었다.

조용한 거리를 걸어가며 희우는 주변을 살펴보았다.

사람이 빠져나간 아파트는 을씨년스럽기까지 했다.

밖에서 보이는 1층의 현관에는 이사를 갔다는 표식을 하기 위해 붉은 락카로 엑스가 그려져 있었다. 그리고 '노숙인 출입금지', '출입금지' 등의 붉은 글씨가 여기저기서 눈에 들어왔다.

희우는 다시 앞을 바라봤다. 그리고 생각에 빠졌다.

걸어서 15분 거리에 있는 남자 고등학교.

피해자 조용희는 해당 고등학교를 다니고 있었다.

현재 추정하기로 왕따를 당하고 있었다는 피해자. 학교는 쉬쉬하고 있기에 추정일 뿐이었다.

지적장애인 이정근은 정부의 지원을 받아 이 아파트에서 살고 있었다.

경찰의 발표를 보면 피해자 조용희는 학교를 마치고 담배를 피우기 위해 사람이 없는 이 아파트로 왔다.

지적장애인 이정근은 담배를 태우는 고등학생을 훈계하기 위해 폭행을 했는데 그 폭행이 과했던지 사망에 이르렀다.

희우는 주관적인 생각을 집어넣지 않았다.

사건을 조사함에 있어서 주관적인 생각은 오류를 범할 수 있는 위험한 일이었다.

앞으로 계속 걸어가던 희우의 걸음이 멈췄다.

그곳은 사망 사건이 일어난 현장이었다.

아파트와 아파트 사이, 골목이라고 해야 하나? 어쨌든 그런 틈새.

스무 발자국 정도의 가까운 거리에 많이 손상된 놀이터도 있었다.

깨진 유리 조각도 무너진 아파트의 담벼락도 보였다.

희우가 중얼거렸다.

"용의자는 지적장애인."

만약 지적장애인이 살해할 생각을 가지고 있었다면 주먹보다는 유리 조각이나 깨진 시멘트 덩어리를 쥐는 게 효과적일 것이다.

아니, 반대로 생각해 보자.

피해자 학생이 죽을 정도로 맞고 있었다면 살기 위해서 유리 조각이나 시멘트 덩어리를 쥐고 반격했을 것이다.

하지만 지적장애인의 몸에는 어떤 상흔도 발견되지 않았다.

'그냥 맞고 있었다고?'

말이 되지 않는다.

그냥 맞기 위해서는 몇 가지 정황이 맞아떨어져야 한다.

먼저 피해자 조용희가 지적장애인 이정근에게 반항할 수 없을 정도로 원초적 공포를 가지고 있는 경우다. 주로 귀신을 봤다거나 하는 공포감 때문에 움직일 수 없다고 증언하는 경우가 그랬다.

하지만 멀쩡한 고등학생이 외소한 지적장애인에게 원초적 공포를 가지고 있을 리 없다.

다음으로 가해자 이정근이 일격에 조용희를 죽였을 경우다.

희우는 생각하다가 머리를 긁적였다.

사건의 사진에 나타난 상흔을 보고 있으면 일격에 죽었다는 것 또한 말이 되지 않았다.

주관적 생각을 버리려고 했지만 분명 오해, 또는 불합리한 무엇인가가 끼어 있는 사건이라고 여겨졌다.

희우는 다시 눈으로 주변을 훑었다.

땅바닥에 보이는 많은 담배꽁초들, 술병, 쓰레기 등등.

아쉽게도 바닥에 혈흔은 보이지 않았다.

희우는 사진을 들어 현장을 바라봤다. 그리고 그 당시의 상황을 머릿속에 떠올렸다.

그렇게 가만히 생각을 이어 가고 있을 때 전화가 울렸다.

전화를 들어 발신 번호를 확인하자 강민석 변호사였다.

―왜 출근 안 해? 오늘부터 나오기로 한 거 아니야? 첫날부터 땡땡이치는 건 아니지?

강민석 변호사는 아침부터 희우를 기다리고 있던 모양이다.

"현장에 나와 봤어요."

―역시, 시작부터 제대로 하고 들어가는구나. 그럼 확인하고 사무실로 들어올 거지?

희우는 손목을 들어 전자계산기 버튼이 붙어 있는 낡은 시계를 바라봤다.

"시간이 어떻게 될지 모르겠네요. 아, 피해자 친구가 있다면 인적 사항을 알 수 있을까요?"

─알았어. 바로 연락하라고 할게. 그리고 그런 건 김지임 씨에게 전화하는 게 빠를 거야.

"김지임 씨요?"

강민석 변호사는 희우가 일하겠다는 그 순간을 놓치지 않고 아래에 직원까지 배속해 뒀다.

미안해서라도 빠져나가지 못하게 하기 위함이었다.

희우가 피식 웃으며 고개를 저었다.

"아…… 제대로 낚였네."

잠시 후, 희우에게 문자가 전송되었다.

─안녕하세요? 김지임입니다. 첫 인사를 문자로 해서 죄송합니다. 피해자 친구 중 방우정이라고 있습니다. 사진 보낼 테니까 확인해 주십시오.

이어서 '띠링' 하는 소리와 함께 방우정라는 인물의 사진이 전송되었다.

안경을 끼고 바가지 머리를 한 평범한 고등학생의 얼굴.

외모로 사람을 판단하면 안 되지만 담배를 태우거나 불량한 짓을 할 사람으로는 보이지 않았다.

희우는 방우정의 이름을 몇 번 되뇌었다.

이 사건은 이전의 삶에서 지나가는 식으로 접했던 사건이었기에 조금은 알고 있었다.

어떤 정치인과 연관되어 장애인이 모든 죄를 뒤집어쓰고 사건이 흐지부지 일단락되었던 일이었다.

하지만 정말 기초적인 내용만 기억하고 있었기에 하나하나 빠뜨리지 않고 되짚어 나가야 했다.

희우의 시선이 다시 주변을 훑었다.

'조용희가 담배를 피우려고 이곳에 왔다고 했지?'

희우는 방우정의 사진을 머릿속에 기억했다. 그리고 핸드폰을 주머니에 넣고 근처 남자 고등학교로 향했다. 그리고 교문의 바로 앞 나무에 기대서서 수업이 끝나기를 기다렸다.

잠시 후, 학생들이 몰려나왔다.

우루루 쏟아져 나오는 학생들.

똑같이 검은 뿔테 안경에 바가지 머리.

어떻게 된 게 죄다 머리 스타일이 똑같았다.

피해자의 친구 방우정을 찾아 조용히 미행하려고 했는데 이렇게 똑같이 생겼으면 계획에 차질이 있을 수밖에 없다.

핸드폰을 꺼내 다시 사진을 확인한 희우는 사진을 봤다가 다시 교문을 보기를 반복했다.

그러던 중 한 학생이 눈에 들어왔다.

외모는 분명 핸드폰에 전송된 사진과 같았지만 아직 확신은 없었다.

가슴에 붙어 있는 명찰을 확인.

하얀 명찰에는 '방우정'이라고 선명하게 박혀 있었다.

희우가 고등학교를 다닐 때는 옷핀이 달려 있는 플라스틱 명찰을 차고 다녔는데 요즘은 오버로크로 처리된 명찰을 달고 있었기에 때고 다닐 수 없다는 것이 다행이었다.

'놈이다.'

희우는 방우정에게서 눈을 떼지 않았다.

교문을 나온 방우정은 홀로 가방을 메고 고개를 숙인 채 정문 앞 횡단보도에 서 있었다.

다른 친구들이 우루루 몰려다니는 것과는 달라 보였다.

희우는 생각에 빠졌다.

그의 머릿속에 떠오른 생각.

'피해자 조용희는 괴롭힘을 당하고 있었다.'

희우의 눈은 다시 방우정에게 집중되었다.

방우정의 주변으로 스타킹처럼 달라붙어 불편해 보이는 바지를 입은 학생들이 나타났다. 주변을 에워싸고 뭐가 재밌는지 낄낄대는 녀석들.

툭툭 치는 행동이 희우의 눈에 보였다.

묻지 않아도 알 수 있었다. 방우정은 분명 괴롭힘을 당하고 있는 중이었다.

희우의 눈은 그들을 지나 뒤에 서 있는 학생에게 향했다.

그 학생은 방우정이 괴롭힘을 당하고 있는 상황이 재밌는지 미소를 짓고 있었다.

방관자로 보이지만 사실은 이 무리의 뒤에 서서 상황을 즐기는 녀석.

놈이 이 무리의 대장으로 보였다.

'이름이…….'

명찰에는 김성용이라고 적혀 있었다.

'김성용?'

다시 이름을 되뇌어 봤다.

아직 명확히 기억나는 것은 없었기에 희우는 김지임에게 문자를 보냈다.

─피해자 고등학교의 김성용이라는 학생에 대해 알아볼 수 있을까요?

잠시 후, 문자가 왔다.

─김성용, 서울시 김후언 의원의 외동아들입니다.

'김후언 의원?'

희우의 입가에 미소가 지어졌다.

이제야 명확히 알고 있는 이름이 나왔다.

지금은 서울시 의원이었지만 훗날 중앙 정계로 진출하여

온갖 파렴치한 짓을 일삼는 못된 사람이었다.

희우는 이번 사건에 제왕 그룹과 연관된 누군가가 포함되어 있었다는 것은 기억하고 있었지만 그게 누군지까지는 기억하고 있지 못했었다.

이제 확실해졌다.

희우의 시선이 김성용에게 향했다.

'너였구나, 이번 사건의 주동자가? 아빠 백으로 무마시켰지?'

희우가 주먹을 꽉 쥐었다.

이전의 삶에서는 빠져나올 수 있었지만 이번에는 안 된다.

이번에는 잘난 아빠와 함께 나락으로 빠뜨려 주마.

희우는 핸드폰을 주머니에 넣고 계속해서 방우정을 쫓았다.

하지만 어떤 행동도 하지 않았다. 그저 방우정의 동선을 확인했을 뿐이다.

그날 밤 8시.

희우는 서초구에 있는 법무 법인 KMS 앞에 차를 주차했다. 그리고 곧장 강민석 변호사실로 걸어 올라갔다.

미리 전화해 뒀기에 강민석 변호사는 퇴근하지 않고 희우를 기다리고 있었다.

문을 열고 들어가자 강민석 변호사가 희우를 바라보며 말했다.

"만나고 왔어?"

"아뇨, 그냥 얼굴만 봤어요."

"첫날부터 현장으로 이동하다니, 넌 역시 변호사가 제격이야."

강민석 변호사는 서글서글한 눈빛으로 미소를 보이며 중앙에 있는 소파에 걸어가 앉았다.

희우 역시 강민석 변호사의 맞은편 소파에 자리했다.

문이 열리고 비서가 들어와 차가운 오렌지 주스를 내려 두고 가자 강민석 변호사가 입을 열었다.

"어때? 단서는 나온 게 있어?"

희우가 고개를 끄덕였다.

"네, 피해자 조용희의 친구 방우정을 옆에서 지켜봤는데 괴롭힘을 당하고 있었습니다."

"그래?"

"그리고 그 불량 학생들을 뒤에서 조종하고 있는 놈을 찾았습니다."

강민석 변호사의 눈이 희우에게 집중했다.

희우가 오렌지 주스를 마신 후 말을 이었다.

"김성용이라는 놈인데 녀석의 아빠가 서울시 의원 김후언입니다."

"김후언 의원?"

강민석 변호사가 고개를 갸웃거렸다.

"시의원이라 모르실 거예요. 어쨌든 김후언 의원의 아들이 뒤에 있는 건 확실하다고 봅니다."

"증거는?"

희우가 어깨를 으쓱해 보였다.

"찾아봐야죠. 얼마 가지 않아 찾을 수 있다고 봅니다."

희우는 자리에서 일어나 강민석 변호사에게 꾸벅 인사했다.

강민석 변호사가 입을 열었다.

"방에 한번 가 봐. 인테리어가 마음에 안 들면 이야기하고."

"방요?"

"2층에 있어."

"알아서 잘해 주셨겠지요."

그때 법무 법인 KMS 희우의 방 앞. 앞에 있는 데스크에서 비서 김지임이 화장을 고치고 있었다.

그녀의 앞을 지나던 직원이 물었다.

"뭐 해? 화장은 왜 고쳐?"

김지임이 헤헤 웃었다.

"아까 프런트에서 들었는데, 김희우 변호사님이 들어오셨다면서요? 처음 인사하는 건데 좋은 인상을 줘야 하지 않겠어요?"

하지만 그녀의 바람은 이뤄지지 않았다.

'띠리링' 하고 프런트에서 걸려 온 전화.

-김희우 변호사님 퇴근하셨습니다.

김지임이 어색하게 웃으며 앞에 서 있는 직원을 바라봤다.

"퇴근하셨네요."

그 시각, 피해자 조용희의 친구 방우정.

그는 집에서 충혈된 눈으로 게임을 하고 있었다.

쉬지 않고 마우스를 움직였으며 키보드를 눌렀다.

하지만 게임을 하는 그의 모습은 즐거워 보이지 않았다.

초조해 보일 뿐이었다.

"아…….."

뭔가 실패한 모양이었다. 한숨 섞인 목소리가 작은 방을 채울 때, '지이이잉' 하고 핸드폰에 문자가 왔다.

확인해 보자 그를 괴롭히는 학생이었다.

-오늘까지 아이템 못 얻으면 내일 죽는다.

방우정의 입이 꽉 다물렸다.

그는 지금 불량 학생의 게임 캐릭터를 키워 주고 있었다.

불량 학생이 학원을 가서 공부할 시간에 방우정은 상대의 게임 캐릭터를 키웠다.

방우정의 입에서 욕지거리가 흘렀다.

험한 욕설이 방을 채웠다.

하지만 그것뿐이었다.

불량 학생의 앞에서 이런 욕을 내뱉을 자신은 없었다.

무서우니까.

두려우니까.

그는 다시 게임을 하기 시작했다.

조금 더 시간이 지났다.

삐걱, 문이 열리고 방우정의 엄마가 들어왔다.

"엄마 왔어. 아직 안 잤어? 게임은 조금만 하고 자."

방우정이 뒤를 돌아 엄마를 바라봤다.

늦은 시간까지 일하고 돌아온 엄마.

방우정은 고개를 끄덕이며 말했다.

"네, 이번 판만 하고 끝낼게요."

"그래, 학교에서는 별일 없고? 친구들하고는 잘 지내고?"

"네, 잘 지내요."

엄마는 걱정스러운 표정으로 방우정을 보다가 조심스럽게 문을 닫았다.

방우정은 의자에 앉은 채 뒤에서 문이 닫히는 기척을 느끼며 다시 입술을 꾹 깨물었다.

"죄송해요······."

모두 거짓말이었다.

걱정을 끼치지 않기 위해선 거짓말을 할 수밖에 없었다.

방우정은 눈으로 시계를 확인했다.

밤 11시.

빨리 다음 일을 해야 하는데 이놈의 아이템은 왜 이렇게 안 나오는지 모르겠다.

"젠장."

같이 괴롭힘을 당했던 친구 조용희가 죽으면서 방우정의 일은 배로 늘어났다.

조용희는 불량 학생 네 명의 숙제를 했다. 글씨를 다 다르게 써서 선생님이 눈치채지 못하도록 해야 하는 골치 아픈 일.

그런데 그 일까지 이제 방우정이 떠맡았다.

방우정은 다시 모니터에 집중했다.

어서 게임을 끝내고 숙제를 해야 했다.

괴롭힘은 숙제와 게임이 끝이냐고? 학교에 가면 방우정은 한 불량 학생의 검투사가 되어 다른 불량 학생의 검투사와 주먹다짐을 벌여야 했다.

왜 싸워야 하는지도 모른 채 불량 학생이 두려워서 다른 괴롭힘을 당하는 학생과 싸워야 했다.

만약 그 싸움에서 지면 더 큰 일이 기다리고 있었다. 불량 학생은 검투사의 체력이 약하다며 훈련시켜 준다고 계단 오르내리기나 맷집 키우기 등의 일을 시키니까.

심하다고 생각할지 모르겠지만, 누군가는 소설이나 영화

속에서나 일어나는 일이라고 할지도 모르겠지만, 이것은 현실에서 일어나는 일이었다.

방우정의 눈이 다시 시계로 향했다.

밤 12시.

아직 아이템은 나오지 않았다.

방우정은 고개를 숙였다.

"……나도 죽고 싶다."

다음 날, 희우는 한 커피숍에 앉아 있었다.

잠시 후, 상만이 안으로 들어왔다.

"사장님!"

상만은 구석 자리에 앉아 있는 희우를 보며 반갑게 인사했다.

대학 때부터 함께 부동산 일을 해 왔던 상만. 희우가 정계에 진출하면서 함께하던 일을 상만이 혼자 도맡아 하고 있었다.

상만이 앞에 앉자 희우가 말했다.

"일은 어때?"

"요즘 부동산이 계속 보합세라 좋지 않아요."

"수도권은 상승하고 있지 않아?"

"일시적일 거라는 예상이 커서요. 단타로 치고 빠지는 중입니다. 하하."

두 사람은 잠시 인사를 나눴다. 그리고 희우가 입을 열었다.

"흥신소 애들한테 연락해 봐."

"흥신소요?"

상만이 만들어 뒀던 흥신소가 있었다. 하지만 몇 년간은 희우가 찾지 않았는데 다시 찾으려 하자 이상했는지 상만이 고개를 갸웃거렸다.

희우가 말했다.

"나 변호사 하기로 했거든."

"네? 변호사요? 저랑 일 같이 안 하시고요? 제가 사장님이 다시 출근하는 날을 얼마나 기다렸는지 아세요?"

"넌 네가 알아서 잘하고 있잖아."

"그래도요!"

상만의 볼멘소리가 터져 나왔다.

희우가 미안한 듯 손을 내저으며 말을 이었다.

"합법적으로 뒷조사하기에는 법의 제한이 많으니까 너처럼 불법적인 일을 아무렇지도 않게 하는 사람에게 부탁 좀 하려고."

"저 불법적인 일 안 하는데요. 법 없이도 살 사람이라고 소문 난 거 모르세요?"

희우가 피식 웃었다.

"너, 불법 주차 안 해?"

"네, 정해진 주차 구역에서만 합니다."

"신호 위반은?"

"안 합니다."

"엄마 말 잘 들어?"

상만이 멈칫했다.

"엄마 말 잘 듣는 거랑 불법적인 일이랑 무슨 상관이에요?"

희우는 상만의 말에 아랑곳하지 않고 계속 말했다.

"어머니가 어서 신붓감 데리고 와서 결혼하라고 하지 않으셔? 손주 보고 싶다고 하지 않으셔?"

상만이 고개를 저었다.

"네, 네. 제가 나쁜 놈입니다. 알겠으니까 지시나 내려 주십시오."

유치한 말이었지만 두 사람이 친숙한 사이였기에 가능한 일이었다.

"서울시 김후언 의원을 조사해 줘."

"네? 의원요? 저번 총선에서 떨어지더니 이제 의원들 뒷조사하고 다니시게요?"

"떨어진 거냐? 안 한 거지?"

"헐…… 사람이 한번 권력 맛을 보면 못 나온다고 합니다. 사장님도 똑같은 거 아니에요?"

상만의 말에 희우는 고개를 저었다. 이 이상 말하고 있으면 짜증만 날 것 같았다.

"조사나 해."

"넵! 알겠습니다. 뭐에 대해서 알아볼까요?"

"그냥 집에 밥숟가락이 몇 개가 있는지."

할 수 있는 모든 것을 모조리 조사하란 말이었다.

상만이 수첩을 꺼내 희우가 지시한 이야기를 적으며 물었다.

"그런데 왜 이런 걸 하시는 거예요? 김후언이라는 의원이 뭐 잘못한 거 있나요? 아직까지는 사장님 이름값이 있으니 잘못한 게 있으면 다독거려도 되는 거 아니에요?"

"내가 힘이 어디 있어?"

상만이 히죽이며 능글맞게 답했다.

"에이, 왜 그러세요, 몇 달 전에는 하늘을 나는 새도 떨어뜨린 분이?"

"초능력자냐, 나는 새를 떨어뜨리게?"

상만은 장난스럽게 웃으며 커피를 손에 들었다.

그렇게 두 사람은 다시 평소의 이야기로 돌아갔다.

한참을 이야기하던 중, 희우는 손목을 들어 시간을 확인했다. 그리고 자리에서 일어서며 말했다.

"나 약속이 있어서 먼저 일어날게. 그럼 흥신소 애들과 연결되면 연락 줘."

"넵! 알겠습니다."

희우가 향한 곳은 다시 고등학교 앞이었다.

가벼운 트레이닝복에 모자, 선글라스까지 쓰고 있는 희우를 알아볼 수 있는 사람은 없었다.

그는 나무에 기대서서 학생들이 나오기를 기다렸다.

잠시 후, 학교가 끝났는지 학생들이 우루루 몰려나왔다.

재잘재잘 떠들며 횡단보도를 건너가는 학생들. 희우의 눈은 그 안에서 방우정을 찾고 있었다.

멀리 고개를 숙이고 나오는 방우정이 눈에 들어왔다.

고개를 들어 앞을 볼 줄 모른다는 듯 고개를 숙이고 가는 방우정. 희우는 그의 뒤를 쫓았다.

어제와 달리 오늘은 괴롭히는 학생도 보이지 않았다.

하지만 뒤에서 걷는 희우의 귀에 그가 짓는 한숨 소리가 들려왔다.

그렇게 횡단보도를 건넜고 낡은 아파트 단지 내로 방우정의 걸음이 옮겨 갔다.

한 걸음, 두 걸음, 주변에 아무도 없을 때 희우가 입을 열었다.

"방우정."

대낮이었고 그냥 불렀을 뿐인데도 방우정은 소스라치게 놀랐다. 아무래도 이곳은 사람이 오가지 않는 곳이니 이런 으슥한 곳에서 불량 학생들을 많이 만난 모양이다.

방우정이 잔뜩 긴장한 표정으로 고개를 돌려 희우를 바라봤다. 그리고 침을 꿀꺽 삼켰다.

대낮에 모자를 눌러쓴 남자가 정상적으로 보일 수는 없었다.

방우정이 떨리는 목소리로 희우에게 물었다.

"저…… 저요?"

"응, 너. 반가워."

희우는 사람 좋은 미소를 보이며 방우정의 앞으로 다가갔다. 상대가 긴장하고 있을 때는 최대한 긴장을 풀어 주는 것이 우선이다.

하지만 방우정은 희우의 미소에도 긴장을 풀지 않고 뒷걸음질하고 있었다.

모자를 눌러쓰고 짙은 선글라스를 쓴 남자. 저기에 마스크만 쓰고 있다면 영락없는 범죄자일 것 같았다.

저런 사람이 다짜고짜 웃으면서 다가오는데 겁이 안 나면 오히려 이상한 일이었다.

희우는 더 이상 다가가지 않고 걸음을 멈췄다.

"그렇게 긴장하지 않아도 되는데. 그냥 물어볼 게 있어서 온 거야."

"……누구신데요?"

희우는 머리를 긁적였다.

아직 명함이 없기에 '나 변호사야.'라고 말하기가 애매했지만, 그렇다고 아직은 얼굴을 온전히 내보이고 싶지도 않았다.

희우가 입을 열었다.

"그냥, 지나가는 사람이라고 생각하면 좋지 않나?"

"네? 지나가는 사람요?"

"응, 그게 편할 것 같은데? 그런 날 있잖아? 지나가던 사

어게인
마이라이프
SEASON2

람이 길을 묻고 대답하는 그런 날. 오늘도 그런 날이라고 생각해."

방우정이 고등학생이라고 해도 눈치가 있었다.

정말 그냥 지나가던 사람이 와서 말을 걸 이유가 없다. 게다가 상대는 자신의 이름까지 알고 있다.

친구 조용희가 죽은 후 수없이 찾아온 경찰들.

방우정은 희우도 경찰이라고 생각했다.

"경찰이시죠? 전 알고 있는 것은 다 말했는데요."

"누구? 조용희에 대한 이야기?"

방우정이 고개를 끄덕거렸다.

"……네."

"아, 난 조용희에 대해 물어보려고 온 거 아닌데."

"그럼요?"

"김성용."

"……!"

방우정의 안색이 순간적으로 굳어졌다.

김성용은 김후언 서울시 의원의 아들이자 전교 1등, 거기에 싸움도 잘하기에 아무도 건들지 못하는 학교 내 무소불위의 권력자였다.

희우는 방우정의 안색을 신경 쓰지 않고 주변을 두리번거렸다.

"커피 한잔 마실 곳은 없는 것 같고, 저기 슈퍼 있는데, 아이스크림 먹을래?"

"네? 저 학원에 가야 하는데요?"

거짓말이었다. 희우는 어제 방우정의 동선을 확인하며 그가 곧장 집으로 간다는 것을 알고 있었다.

"너 학원 안 다니는 거 알아. 이미 다 알아보고 왔으니까, 아이스크림이나 골라."

"전 김성용에 대해서는 아무것도 몰라요."

희우가 슬쩍 방우정을 바라봤다. 머뭇거리고 있는 모습. 무엇인가에 무척 겁먹고 있는 것 같았다.

희우가 말했다.

"내가 한 질문에 말하고 싶지 않으면 하지 않아도 좋아."

"정말 아무 말도 안 해도 되나요?"

"물론. 묵비권은 이럴 때 쓰라고 있는 법이야. 더우니까 아이스크림이나 먹자."

희우는 방우정을 앞에 두고 몸을 돌려 슈퍼로 향했다.

방우정은 작게 한숨을 내쉬었다.

뭐가 뭔지 알 수가 없었다.

난데없이 트레이닝복을 입고 나타난 남자.

조용희에 대해 물어볼 줄 알았더니 뜬금없이 김성용에 대해 질문하고 아이스크림을 먹자니……

방우정은 고개를 저으며 희우의 뒤를 쫓았다.

희우는 슬쩍 자신의 뒤를 따라오는 방우정을 바라봤다. 그리고 입꼬리를 살짝 올렸다.

희우에게 잡힌 이상 이미 방우정의 의사와는 상관없었다.

그저 휘둘릴 뿐이었다.

아이스크림 두 개를 산 그들은 낡은 놀이터 옆에 있는 등나무에 앉았다.

오래전에는 아이들의 놀이터였을 그곳엔 담배꽁초와 깨진 술병만이 보였다.

희우가 아이스크림을 까서 입에 물었다. 희우를 보며 방우정도 아이스크림을 까서 입에 물었다.

아직 긴장된 표정으로 눈치를 보고 있는 방우정을 보며 희우가 입을 열었다.

"여자 친구는 있어?"

"네? 여자 친구요?"

"응."

뜬금없는 말에 방우정은 눈을 깜빡였다.

김성용에 대해 물어본다고 하더니 웬 여자 친구에 대해 물어보는 걸까?

가벼운 대화로 시작해 상대의 경계를 무너뜨리는 화법이었지만 방우정이 그런 걸 알 리가 없었다.

눈을 깜빡거리는 방우정을 보며 희우가 말을 이었다.

"아, 나도 고등학교 때는 여자 친구 없었구나."

"형사님도 없었어요?"

형사님? 방우정은 희우를 형사로 오인하고 있었다.

하지만 희우는 그에 대한 답을 하지 않았다.

사칭한 것도 아니고 자신이 그렇게 생각해서 말하는데 굳이 정정해 주고 싶은 생각은 없었다.

"응, 없었어. 공부도 못했는데? 싸움도 못하고, 괴롭힘 많이 당했지."

"형사님도 괴롭힘 당했어요?"

"내가 괴롭힘 당한 이야기 들으면 깜짝 놀랄걸?"

희우가 슬쩍 방우정의 눈을 바라봤다.

몹시도 듣고 싶다는 표정이 그의 눈에 가득했다.

그를 보며 희우가 입을 열었다.

"말해 줘?"

"네."

희우는 자신의 고등학교 생활 중 괴롭힘 당했던 시절을 떠올리며 담담히 말을 이었다.

괴롭힘을 당했던 이야기를 들은 방우정의 놀란 표정은 지워지지 않았다.

형사는 강한 사람들만 할 수 있는 거라고 생각했는데, 그런 사람이 학창 시절에 괴롭힘을 당했을 거라고는 상상도 못했다.

희우는 상대가 어떻게 생각하던 아이스크림을 베어 물며 계속 말했다.

"우리 부모님은 야간에 일하셨거든, 내가 학교에 가려고 일어날 때면 아직 일터에서 돌아오지 않으셨고, 내가 학교 끝나고 집에 오면 주무시고 있었고."

"……."

"그래서 괴롭힘을 당해도 부모님께 하소연할 수도 없었지. 잘 키운 아들이 어디서 당하고 있다는 말을 들으면 걱정하실까 봐 이야기하기도 어려웠고."

그 말에 방우정은 이해한다는 듯 고개를 끄덕였다.

자신도 그러니까.

부모님에게 말하고 싶지만 자존심이 상했다. 부모님의 눈에는 누구보다 잘난 아들인데 죄송하기만 했다.

희우가 멀리 있는 그네를 바라보며 계속 말했다.

"그래서 난 운동을 했어. 체력을 기르고 힘을 키웠지. 그리고 싸웠어. 싸움이 정답은 아니지만 그 상황을 벗어나기 위한 하나의 방법이라고 생각했으니까."

방우정은 고개를 숙였다.

그런 생각을 해 보지 않은 것은 아니었다.

주먹 좀 쓴다며 우루루 몰려다니는 놈들을 보고 있으면 '혼자서라면 이길 수 있어!' 같은 생각이 들기도 했다. 그러나 막상 그 상황이 오면 무서워서 주먹 한번 내뻗어 보지 못할 거라는 걸 잘 알고 있었다.

희우가 방우정의 등을 토닥였다.

"김성용이 괴롭히는 거지? 대답하지 않아도 좋아."

"……."

방우정은 희우가 형사라고 알고 있었다.

그래서 어떤 말도 할 수 없었다.

김성용이 괴롭힌다고 형사에게 말하면 학교에 어떤 후폭풍이 올지 알고 있었다.

또한 '어른'이라는 존재는 책임져 준다고 말해 놓고 막상 이득을 다 챙기면 떠나가 버린다는 것도 잘 알고 있었다.

중학교 다닐 때였나? 학교 선생님에게 '저 괴롭힘 당해요.'라고 말했던 적이 있었다. 결과는 참혹했다. 괴롭혔던 학생은 화장실 청소로 끝났고, 방우정은 그들에게 끌려가 흠신 두들겨 맞았으니까.

방우정의 꽉 다문 입을 보며 희우가 조용히 미소 지었다.

희우는 그가 아무 말도 하지 않아도 이미 누가 주동자인지 알고 있었다.

희우는 자리에서 일어서 놀이터 한편에 마련된 쓰레기통으로 향했다. 그리고 아이스크림을 먹고 남은 막대기를 버렸다.

곳곳에 깨진 병과 담배꽁초, 과자 봉지가 보였지만 그는 자신이 먹은 흔적을 아무 곳에나 버리지 않았다.

다시 자리로 돌아온 희우가 방우정에게 말했다.

"내가 왜 쓰레기통에 버렸는지 궁금하지 않아?"

"형사님이니까 당연히 그래야 하는 거 아니에요?"

"그런 것보다는 난 내가 만들어 놓은 것은 내가 처리해야한다고 생각해서 그래. 내 앞에 일어나는 일들은 모두 내 행동에서 비롯된 것이니까."

"……."

방우정의 등을 토닥이며 희우가 말을 이었다.

"벗어나고 싶다면 매일 새벽에 5킬로미터씩 뛰어 봐. 5킬로미터를 걷지 않고 뛸 수 있는 체력이 되면 이리 연락해. 그다음을 가르쳐 줄 테니까."

"네?"

"난 괴롭힘에서 벗어나기 위해 매일 뛰었어. 뛰면서 땀을흘리면 상념도 사라지고 자신감도 붙어. 누구와도 싸울 수있는 자신감. 네가 녀석들하고 싸움을 하란 말이 아니야. 일단 자신감이 있어야지."

방우정이 고개를 숙였고 희우가 말을 이었다.

"자신감을 얻을 동안에는 김성용이 괴롭혀도 꾹 참아. 하지만 그 참는 기간이 예전과는 다를 거야. 아무것도 못해서참는 것과 할 수 있는데 참는 건 다르니까."

희우는 그 말을 끝으로 한 장의 연락처를 건넸다. 그리고그 자리를 벗어났다.

방우정은 멍하니 희우의 뒷모습을 보고 있었다.

법무 법인 KMS 김희우 사무실의 앞 데스크.

비서 김지임은 시계를 보며 멍하니 앉아 있었다.

그녀는 희우의 아래로 들어온 뒤로 특별히 하는 일이 많지 않아 느긋하게 시간을 때우는 중이었다.

그때 띠리링, 벨이 울렸다.

프런트에서 온 전화였다.

―김희우 변호사님 들어오셨습니다.

김지임은 서둘러 화장을 고치기 시작했다.

김희우에게 잘 보이기 위해서라기보다는 아무래도 첫 대면에 좀 더 좋은 인상을 보이고 싶었기 때문이다.

재빨리 화장을 고친 그녀는 맑게 웃으며 자리에서 일어섰다.

잠시 후, 그녀의 앞에 희우가 나타났다.

트레이닝복에 모자를 눌러쓰고 나타난 희우. 그리고 손에 든 검은 비닐봉지.

김지임 비서는 자기도 모르게 어색하게 웃었다.

그녀 역시 희우를 텔레비전에서 봤다.

정치인으로서 양복을 입고 움직이던 모습. 그때는 멋있다고 생각했는데…….

트레이닝복을 입은 지금의 모습은 변호사라고 하기에도 어색한 모습이었다.

하지만 일은 일이었다.

그녀는 희우에게 살짝 고개를 숙였다.

"처음 뵙겠습니다. 김지임입니다."

"아, 안녕하세요."

희우는 손에 든 비닐봉지를 그녀에게 건넸다.

"아이스크림이에요. 녹기 전에 드세요."

"네?"

그녀가 황당한 표정으로 희우를 바라봤다.

아무래도 변호사 사무실 앞에 서 있어야 하는 비서는 외관에 치중해야 한다. 의뢰인이 들어왔을 때 아이스크림을 먹고 있기보다는 깔끔한 모습을 보여야 신임을 얻을 수 있으니까.

그녀의 표정을 보며 희우가 말했다.

"우리 사건은 지금 이정근 씨에 대한 것밖에 없으니까 걱정 말고 드세요."

"네? 네."

희우는 그녀를 향해 싱긋 웃은 후 안으로 들어갔다.

그녀는 멍한 표정으로 자신의 손에 들린 검은 비닐봉지를 바라봤다.

희우는 자신의 방을 둘러봤다.

넓지는 않았지만 깔끔하게 정리된 공간이었다.

강민석 변호사가 꽤 신경을 썼다는 걸 느낄 수 있었다.

희우가 싫어하는 그림이나 난 같은 겉치레는 보이지 않았다.

모던한 분위기의 내부 인테리어.

희우는 자리에 앉아 책상 위에 올려 둔 서류를 들췄다.

이번 사건에 대해 김지임 비서가 대략적으로 정리해 둔 내용이었다.

강민석 변호사가 실력 있는 비서를 배치했다고 했는데 그 말이 맞는 것 같았다.

잠시 서류를 보던 희우는 노크 소리에 시선을 들었다.

문이 열리고 비서 김지임이 오렌지 주스를 들고 들어왔다.

그녀가 가까이 와 책상 위에 주스를 내려 두자 희우가 말했다.

"지적장애인 이정근 씨와 면회 잡아 주세요."

"네, 알겠습니다."

그녀가 뒤돌아서 나가려고 할 때, 희우가 다시 물었다.

"이 사건, 검토해 보셨죠?"

"네? 네, 검토해 봤습니다."

"어떻게 생각하죠?"

"네?"

그녀는 다시 당황한 표정을 지었다.

변호사가 비서에게 이런 것을 물어보는 경우는 없기 때문이다.

그녀는 잠시 생각하더니 입을 열었다.

"이정근 씨가 범행을 저질렀다고 보기엔 여러 가지로 모순점이 많이 보였습니다."

희우가 고개를 끄덕이며 말했다.

"그 모순점에 대한 걸 정리해서 보고해 주시겠어요? 의견을 듣고 싶습니다."

"네? 제 의견을요?"

희우는 누구의 의견이라도 작은 단서가 될 수 있다고 생각했기에 가볍게 고개를 끄덕였다. 그러자 김지임은 멍한 표정으로 밖으로 나갔다.

희우는 다시 생각에 빠졌다.

사건 현장도 가 봤고, 피해자의 학교를 관찰하기도 했다.

아직 피해자 부모, 학교의 인사와는 이야기해 보지 않았지만 대략적인 시놉시스는 머릿속에 그려지고 있었다.

그리고 그 전에 지적장애인 이정근과 만나 새로운 시놉시스를 들어야 할 시간이었다.

지적장애인 이정근은 자신의 범행 사실을 인정하고 있다.

만약 정말 그가 그런 잘못을 했다면 희우는 변호할 마음이 없다. 하지만 이 사건은 처음부터 만들어진 시놉시스였다.

잠시 후, 테이블 위의 전화가 울렸다.

김지임 비서였다.

-이정근 씨와의 접견을 내일 오후 1시로 잡았습니다. 시간 괜찮으신가요?

　"네, 좋습니다. 저 혼자 가면 되니까, 김지임 씨는 여기서 일 보도록 하세요."

　-네, 알겠습니다.

　다음 날.

　희우는 이정근이 있는 구치소로 향했다.

　그리고 잠시 후, 희우의 앞에 이정근이 몹시 긴장된 표정으로 나타났다.

　"이정근 씨?"

　"에(네)…… 데가 이덩은입니다(제가 이정근입니다)."

　이정근은 희우가 자신의 변호사인지 아니면 검사인지 판단을 못하는 것 같았다.

　겁먹은 그의 표정을 보며 희우가 사람 좋은 미소를 짓고 입을 열었다.

　"당시 이야기를 들어 보고 싶습니다."

　이정근은 눈을 피하며 두려운 목소리로 말을 이었다.

　"데가 둑였듭니다(제가 죽였습니다)."

　희우가 고개를 끄덕였다.

"네, 어떻게 죽이셨죠?"

"막 두먹으로(주먹으로) 때려서 둑였습니다(죽였습니다)."

"어딜 때렸는지 기억하세요?"

"아뇨, 기어(기억) 안 납니다."

이정근은 자신이 죽였고 주먹으로 때려서 죽였다고 했다.

그런데 이 말은 검찰의 사건 조사에서 똑같이 한 말이었다.

지적장애인이 당시의 상황을 기억하고 같은 말을 이렇게 똑같이 반복할 수 있을까?

희우는 가만히 이정근의 눈을 바라봤다. 그리고 입을 열었다.

"상대가 반항했나요?"

"아뇨. 가마니(가만히) 있었습니다."

"때리는데 가만히 있었다고요?"

"네."

사인은 맞아 죽었다고 했다.

때린 이유는 고등학생이 담배를 피우고 있어서라고 했다.

생각에 빠졌던 희우가 머리를 긁적이며 말을 이었다.

"담배 피우는 걸 보고 다가간 겁니까?"

"에(네)?"

"골목에서 학생이 담배 피우는 걸 눈으로 보고 다가간 거예요?"

"에, 에(네, 네)."

희우는 다시 자신의 앞에 있는 서류를 넘겼다.

"그러니까 동사무소에 있는 복지관을 가다가 그 골목에서 담배 피우는 학생을 보고 때렸다는 거죠?"

"에(네)."

"혹시 학생이 정근 씨에게 욕을 했나요?"

"에(네). 더한테(저한테) 바보라고 병신이라고 해습니다(했습니다)."

이정근의 눈을 보며 희우가 다시 물었다.

"누가요? 누가 욕을 했죠?"

"둑은 애가요(죽은 애가요)."

"직접 들었습니까? 아니면 전해 들었습니까?"

희우의 말에 이정근이 고개를 젓기 시작했다.

"올라요. 올라요. 둑은 애가 욕했다고 그댔더요(몰라요. 몰라요. 죽은 애가 욕했다고 그랬어요)."

희우의 눈이 날카로워졌다.

죽은 애가 욕했다고 그랬다?

그 말은 누구한테 들었다는 뜻이다.

지적장애인의 말을 무조건 신뢰할 수는 없다.

의사의 소견이 없는 한 증거로 내세우기도 어렵다.

하지만 적어도 어떤 식으로 녀석들이 함정을 팠는지 실마리를 잡혔다.

잠시 후, 희우는 교도소 밖으로 나오고 있었다.

그의 눈은 몹시 차가워진 상태였다.

어게인
마이라이프
SEASON2

"어린놈들이 못된 것만 배워 가지고."

～∾ ∾～

희우는 다시 사건 현장이 있는 아파트로 왔다.

교도소에서 정장을 입고 있던 희우는 지금 다시 트레이닝복에 선글라스와 모자를 눌러쓰고 있었다.

그는 이정근이 살던 집으로 걸어 올라갔다가 동사무소까지 걸어가 봤다.

그리고 사건이 일어났던 현장으로 걸어갔다.

CCTV도 없고 목격자도 없다.

사건의 신고는 신원을 밝히지 않은 누군가가 한 것.

이 사건에 대한 실마리는 모두 이정근의 입에서 나온 진술에 따라 움직이고 있었다.

하지만 그렇게 결론을 짓기에는 너무 많은 의문이 남아 있었다.

희우는 핸드폰을 꺼내 주변의 지도를 검색한 후 아파트에서부터 학교로 이어지는 길을 모두 찾았다.

다시 길을 걷기 시작하는 희우는 멈춰 있는 차량을 둘러보고 주변을 세세하게 살폈다.

땅에 떨어져 있는 담배꽁초 하나 허투루 보지 않고 모든 것을 눈에 담고 수첩에 기록했다.

학교 앞까지 걸어온 희우는 다시 몸을 돌려 사건 현장으로 걸어갔다.

학교에서 사건 현장으로 갈 수 있는 길은 골목을 이어 가는 곳까지 포함한다고 해도 세 가지 길이 전부였다.

희우는 지금 왕복하며 그 길을 모두 걸어 보고 있었다.

다시 현장에 도착한 희우는 또 몸을 돌려 마지막 남은 길을 걸었다.

그렇게 다시 학교 앞에 도착한 희우는 핸드폰을 들어 강민석 변호사가 배정해 준 비서인 김지임에게 전화를 걸었다.

"네, 지금 제가 말하는 걸 조사 부탁드릴게요."

- 네, 말씀하세요.

희우는 자신이 보고 온 것 중 단서가 될 만한 것에 대해서 김지임에게 이야기하고 전화를 끊었다.

희우는 손을 들어 이마에 흐르는 땀을 닦았다.

무더운 날에 몇 번이나 길을 오갔으니 땀이 흐르지 않는 게 이상한 일이었다.

그때 희우의 전화가 울렸다.

상만이었다.

"어, 말해. 나온 거 있어?"

- 아뇨. 방우정이란 놈이 전화해서 5킬로미터 뛰다가 맞았다는데요? 이게 무슨 소리예요?

"뭐?"

방우정에게 가르쳐 준 전화번호가 상만의 번호였다.

어제 분명 5킬로미터를 뛰라고 이야기했는데 오늘 뛰다가 맞았다?

"어디래?"

-학교 근처 슈퍼마켓 앞이래요. 아이스크림 먹었다는데 그건 뭔 말인가요?

"땡큐."

희우는 상만과 전화를 끊고 슈퍼마켓 앞으로 걸어갔다.

잠시 걸어가자 놀이터 앞 정자에 앉아 있는 방우정이 보였다.

"맞았다며?"

"아, 형사님. 형사님 말대로 뭔가 해 보려고 했는데 바로 걸려서 맞았어요. 하하. 이 방법은 못 쓸 것 같아서 다른 방법을 물어보려고요."

희우는 가만히 방우정을 내려다봤다.

녀석은 다른 방법을 물어보기 위해 희우를 찾은 게 아니었다. 누군가에게 지금의 답답한 상황을 이야기하고 싶은 것뿐이었다. 해결을 원하는 것도 아니고 단지 시원하게 말하고 싶은 마음이 클 뿐이었다.

방우정이 입을 열었다.

"죄송해요. 별일 아닌데, 말할 사람이 없었어요. 적어도 형사님은 제 이야기를 들어도 시끄럽게 만들지 않을 것 같아서요."

희우는 잠시 말없이 그를 바라봤다. 그리고 말했다.

"아이스크림 먹을래?"

"네."

방우정은 자리에서 일어섰고 희우는 녀석의 몸을 위아래로 훑었다. 분명 맞았다고 말했는데 얼굴에는 흉터가 없었다.

그렇다면?

희우는 걸어가는 방우정에게 말했다.

"잠깐만."

"네?"

희우는 방우정이 입고 있는 교복의 상의를 들어 올렸다.

방우정이 황급히 옷을 내리려고 하자 희우가 고개를 저었다. 가만히 있으라는 뜻이었다.

방우정은 고개를 숙이고 분한 듯 주먹을 꽉 쥐었다.

그의 몸 곳곳에 검은 멍이 보였다.

"안 보이는 곳만 골라서 때리는구나?"

방우정은 고개를 숙이고 옷을 내렸다.

"아무래도 선생님한테 걸리면 골치 아파질 테니까요."

"김성용이 때리니?"

"아뇨."

두 사람은 아이스크림을 사서 등나무에 앉았다.

희우가 아이스크림을 입에 물며 물었다.

"김성용이 무서워?"

"아저씨도 못 잡을 거예요. 미성년자고 아빠가 시의원이잖아요. 그리고 김성용은 정말 잘못이 없어요. 항상 지켜보기만 하거든요."

지켜본다?

뒤에서 즐기고 있다는 말.

그때 처음 봤을 때도 비슷한 느낌이 들었다.

희우가 물었다.

"잡을 수 있다면?"

방우정이 고개를 저었다.

"잡아 달라고 이렇게 하는 게 아니에요. 그냥 답답해서 그래요."

"이 상황을 벗어나고 싶지 않아?"

"벗어나고 싶죠."

"도와줄까?"

방우정이 다시 슬쩍 웃으며 고개를 저었다.

"말씀드렸잖아요. 형사님을 무시하는 게 아니라 걔네 아빠가 시의원이……."

희우가 모자와 선글라스를 벗었다. 그러자 방우정의 눈이 휘둥그레졌다.

텔레비전에서 많이 보던 얼굴.

정치에 대해 관심이 없던 고등학생도 뉴스만 보면 알 수 있는 얼굴이었기에 잘 알고 있었다.

방우정은 더듬더듬 입을 열었다.

"기…… 김희우?"

희우가 고개를 저었다.

"김희우는 반말이고."

"헐……."

"왜 헐이야?"

"헐……."

지금 방우정이 할 수 있는 말은 '헐.'이라는 말밖에 없었다.

놀란 듯 눈을 껌뻑이던 그가 제정신으로 돌아온 것은 손에
쥔 아이스크림이 녹고도 한참이 지난 후였다.

방우정이 물었다.

"형사라고 했잖아요?"

"난 형사라고 한 적 없는데? 도와줘, 말아?"

"……."

"내가 변호사를 하기로 했는데 그 첫 사건이 이번 일이야."

"……!"

"이 사건에 연루된 놈들을 싹 쓸고 싶은데 넌 어떻게 생각해?"

방우정이 끄덕거렸다.

희우가 말을 이었다.

"그럼 하나 묻자. 조용희가 죽은 날, 알고 있어?"

"네? 그건 잘 몰라요. 전 그날 다른 애들한테 끌려가서 맞
고 있었거든요."

"네가 맞을 때, 그 자리에 김성용은 있었고?"

"아뇨. 없었어요."

"그럼 조용희가 죽은 그 아파트에서 너도 애들한테 맞은 적 있니?"

"네, 거기서 자주 때려요."

"조용희가 원래 담배를 피웠어?"

"제가 알기로는 안 피웠어요."

희우는 방우정에게 학교에 대한 상황을 자세하게 들었다.

"좋아. 그럼 오윤발이라는 녀석이 김성용의 오른팔인 거지?"

"네, 용희가 죽었을 때도 오윤발이랑 김성용이랑 같이 갔었어요."

희우가 고개를 끄덕였다.

"알았어. 그럼 학교에서 모른 척하고 평소처럼 지내도록 해. 운동은 꾸준히 하고."

꾸준히 하고."

며칠이 지났다.

공판 기일까지는 이제 일주일이 남은 상황이었다.

희우가 공판을 맡게 되었다는 소문은 이미 퍼질 때로 퍼진 상황.

밤이 어둑해질 무렵, 국회의원 진규학과 시의원 김후언은 일식집에 앉아 식사하고 있었다. 시의원 김후언은 김성용의 아버지이기도 했다.

진규학 의원이 차를 마시며 입을 열었다.

"그 이야기 들었어요? 김희우 전 의원이 이제 변호사로 활동한다고 하시는구만?"

김후언 시의원이 고개를 끄덕였다.

"인권 변호사 어쩌고 하면서 인기를 얻을 생각 아닌가요? 지금부터 쭉 정계 생활을 해서 대통령 자리를 노리려 하지 않는 걸 보면 다른 쪽으로 인기를 얻을 생각이겠죠. 어린놈이 보통 그렇지 않습니까?"

진규학 의원이 기분 좋게 웃으며 맞장구를 쳤다.

"맞아요. 그래서 내일 언론에 대대적으로 기사가 나갈 겁니다, 하하하하하. 김희우 전 의원이 다시 정계에 복귀하는 것만큼은 막아야 한다고 생각하는 사람이 많아서요."

"기사요?"

"그 쉬운 거 있잖아요? 전관예우인지 뭔지."

두 사람의 웃음소리가 작은 방을 울렸다.

김후언 의원이 웃음을 멈추고 진규학 의원을 바라봤다.

진규학 의원은 초선 의원이었지만 2선, 3선 의원에 비해 막강한 힘을 가지고 있는 사람이었다.

진규학 의원의 뒤에 천호령 회장이 서 있으니까.

김후언 의원이 잠시 진지한 표정으로 입을 열었다.

"아, 천호령 회장님이 지시하신 일은 잘 진행되고 있습니다."

"하하, 김후언 의원님밖에 없습니다. 천호령 회장님도 분명 흡족해하고 계실 겁니다."

그 말에 김후언 의원이 조용히 입을 열었다.

"제가 언제쯤이면 천호령 회장님을 뵐 수 있을까요?"

천호령 회장의 눈에 들기만 한다면 당의 공천을 받아 시의회가 아닌 국회로 진출할 수 있는 빠른 교두보를 얻을 수 있다.

진규학 의원이 기분 좋게 웃으며 술잔을 들었다.

"이번에 지시하신 일이 잘 처리된다면 독대하실 수도 있겠지요?"

"아이고, 감사합니다, 의원님."

이때 두 사람의 대화를 바로 옆방에서 도청하고 있는 사람이 있었다.

바로 상만이 심어 놓은 흥신소 직원이었다.

다음 날.

인터넷 신문 기사.

전관예우, 어디까지 계속될 것인가?

법조계의 고질적인 병폐인 전관예우 논란이 다시 끓어오르고 있다.

전관예우 문제는 법조계의 신뢰를 무너뜨리고 도덕적 역할이
필요한 변호사가 자본주의에 물들어 돈에 따라 움직인다는 모습
을 보여 줄 수 있다.

대검찰청 출신 검사인 김희우 전 의원이 이번에 사건 수임을 맡
으면서 이 문제가 다시 불거지고 있다.

김희우 전 의원은 어린 고등학생을 잔인하게 때려 숨지게 한
혐의를 받고 있는 서른세 살 장 모 씨를 변호하며 돈이면 누구나
변호해 준다는……(중략).

댓글은 난리도 아니었다.

역시 국회의원 중 믿을 놈은 하나 없다든지, 있는 놈이 더
한다든지 등등의 이야기들.

희우는 기사를 쓱 훑어보며 가볍게 미소 지었다.

그때 문이 열리고 강민석 변호사가 들어왔다.

"기사 봤어?"

"네, 지금 봤어요."

강민석 변호사는 미안한 표정으로 머리를 긁적였다.

"검사를 그만둔 지 오래되었고 평검사 출신이어서 이런 말
은 없을 줄 알았는데……."

"평검사였다는 것보다 의원 출신이라는 게 더 문제가 되는
것 같아요."

"이 사건 뺄까?"

희우는 고개를 저었다.

"아뇨, 해야죠."

그 시각, 서부 지검.

한 남자가 신문을 들어 보고 있었다.

그 남자의 이름은 박승환.

이번 이정근 사건의 검사였다.

박승환의 입에 슬쩍 미소가 걸렸다.

"희우랑 싸워 보는 것은 오랜만이네."

희우와는 대학교 1학년 때였나? 모의 법정에서 공방을 벌였던 적이 있다.

그때는 희우가 검사, 박승환이 변호사였던 걸로 기억한다.

그런데 이번에는 입장이 바뀌어서 박승환이 검사, 희우가 변호사였다.

박승환은 신문을 덮으며 몸을 돌려 직원들을 바라봤다.

"내일 붙을 변호사는 절대 우습게 볼 수 있는 사람이 아니란 거, 다 알고 계시죠? 마지막까지 심력을 기울여서 조사해 주시기 바랍니다. 언론에서 전관예우 어쩌고 떠드는데, 우리는 그런 걸 봐주는 사람이 아니란 걸 확실히 보여 줍시다!"

그의 목소리가 작은 방을 울렸다.

며칠 후, 고등학교.

교실 뒤 책상에 앉아 있는 김성용의 옆으로 불량 학생들이 다가왔다.

"너, 증인 출석 요구받았다며?"

김성용이 고개를 끄덕였다.

하지만 그의 표정은 대수롭지 않았다. 어떤 증거도 남기지 않았는데 출석 요구를 받았다고 해서 겁날 것은 없었다.

게다가 자신의 아버지가 지금 시의원이다.

그냥 시의원도 아니었다.

집에 와서 아버지가 하는 말을 들으니 힘 있는 라인을 탔다고 한다. 다음 총선에는 국회로 진출할 가능성이 크니 어쩌니 하는 말을 했으니까.

이런 상황에서는 굳이 출석하지 않아도 벌금 한번 받고 말면 되는 것이고, 설령 출석한다고 해도 두렵지 않았다.

하지만 그와 함께 증인으로 선택된 오윤발은 달랐다.

김성용의 오른팔로 불리는 오윤발.

그는 가만히 자리에 앉아 책상만 바라보고 있었다.

김성용이야 아빠 백을 사용해서 어떻게 빠져나갈 수 있다고 하지만 자신은 평범한 집안이기에 어려운 일이었다.

오윤발의 얼굴이 굳어 있자 김성용이 그를 바라보며 말했다.

"겁먹지 마. 증인 출석이지, 너 잡으러 온 거 아니야."

"응? 응, 겁 안 먹어. 이게 뭐라고 겁먹냐?"

분명 겁먹었지만 오윤발은 안 그런 척, 허세를 부리며 대답했다.

김성용이 피식 웃었다. 그는 허세가 아니라 진정으로 여유로워 보였다.

"내가 보니까 놈이 조용희가 왕따 당한 의혹 어쩌고 한 말이 있잖아, 그거 때문에 부르는 거야. 그냥 모른다고 대답하면 돼. 걱정하지 마."

"……응."

오윤발은 대답했지만 여전히 겁먹은 얼굴이 펴지지는 않았다.

한 불량 학생이 말했다.

"야, 그런데 방우정도 증인으로 신청되었다며?"

그 말에 김성용의 눈이 천천히 이동했다. 그의 눈이 멈춘 것은 1분단 가장 앞의 창가 자리에 앉아 있는 방우정이었다.

그의 입이 열렸다.

"어이, 4번 셔틀."

"어?"

방우정이 화들짝 놀라 뒤를 돌아봤다.

먼 자리에서 이리 오라는 표시로 손가락을 까딱거리고 있는 김성용이 보였다.

방우정은 서둘러 김성용의 앞으로 달려갔다.

김성용의 시선이 천천히 방우정을 보며 입을 열었다.

"너, 가서 쓸데없는 소리 하면……."

낮고 살기 어린 목소리에 방우정은 자신도 모르게 침을 꿀꺽 삼켰다.

김성용이 말을 이었다.

"네 친구처럼 죽여 버린다."

"……!"

겁먹은 방우정의 표정을 본 김성용은 웃기 시작했다.

"킥! 킥! 킥! 농담이야. 농담."

그리고 고개를 저으며 책상에서 일어나 방우정의 어깨를 토닥였다.

"야, 누가 때리냐? 그렇게 겁먹은 표정 하지 마. 알잖아, 내가 너희 때린 적 없는 거. 그지?"

"……응, 응."

김성용의 시선이 주변에 있는 불량 학생들에게 향했다.

"법원 다녀올 때까지 우정이 건들지 마."

학생들이 고개를 끄덕이자 김성용이 방우정의 어깨를 잡은 손에 꽉 힘주었다.

부르르 떨고 있는 방우정의 귀로 김성용이 천천히 입을 가

져갔다. 그리고 낮은 목소리로 말했다.

"법원에서 말만 잘 하면 앞으로 괴롭히지 않을 거야. 알지? 내가 널 괴롭히지 않겠다는 말이 어떤 의미인지? 학교가 천국이 될 거야."

김성용의 손이 방우정의 어깨를 꽉 쥐었다가 놓으며 말을 이었다.

"그런데 네가 말을 잘못하면 어떻게 될까? 킥킥킥킥."

방우정의 얼굴이 딱딱하게 굳어졌다.

김성용은 마치 아랫사람을 대하듯 방우정의 어깨를 툭툭 치며 무리를 이끌고 교실 밖을 빠져나갔다.

화장실에 들어간 김성용의 무리.

김성용이 입에 담배를 물고 입을 열었다.

"노파심에 말하는데 방우정 얼굴에 기스 나면 안 되니까 건들지 마라. 재판 열리기 전까지는 친구처럼 대해 줘."

다른 학생이 입에서 담배 연기를 뿜으며 물었다.

"친구처럼?"

김성용의 입가에 잔인한 미소가 스몄다.

"응, 친구처럼. 원래 친구가 없는 놈이잖아. 너희들처럼 잘난 놈들하고 다니면 지도 우쭐할 거야."

말을 하던 김성용이 뭔가 생각난 듯 손뼉을 치며 말을 이었다.

"아, 오윤발. 너, 오늘 여고 애들이랑 노래방 간다고 했지? 거기에 방우정 데리고 가라."

여고 애들이랑 만나는 자리에 방우정을 데리고 가라는 말에 다른 불량 학생들의 입가가 굳어졌다.

아무래도 이성을 만나는 자리에 학교에서 찐따, 왕따로 불리는 학생과 같이 가는 게 마음에 들지 않는 것 같았다.

그들의 표정을 본 김성용이 미간을 찌푸렸다.

"그럼 만약에 저놈이 법원에 가서 너희들이 조용희 그 찐따를 죽였다고 말하면 어떻게 할래?"

"뭐?"

"그렇잖아? 알겠지만 난 손 하나 안 대고 있었다. 너희가 때린 거야."

학생들의 눈동자가 떨려 왔다.

그들은 속으로 '네가 시켰잖아.'라고 말하고 싶었지만 입을 열지 못했다.

그들의 눈을 보며 김성용이 계속 말했다.

"그러니까 저 찐따에게 천국을 보여 주도록 해."

"……."

"마약을 왜 못 끊는지 알아? 천국을 맛봤기 때문이야. 이 세상은 지옥인데 마약에 손대면 천국으로 변해. 누구든 지옥에서 천국을 맛보면 절대 빠져나갈 수 없어."

김성용의 목소리를 들은 불량 학생들은 침을 꿀꺽 삼켰다. 그의 표정과 말투가 학생들에게는 두렵게 느껴졌다.

다만 법원에 증인으로 출석해야 하는 오윤발은 달랐다. 그가 김성용에게 물었다.

"천국을 보여 주라고?"

김성용이 고개를 끄덕이며 말했다.

"일단 여자애들한테도 노래방에서 찐따 손도 좀 잡아 주라고 미리 부탁해. 늦게 배운 도둑질이 무섭다고, 여자에 빠지면 대책 없잖아?"

불량 학생들이 킥킥거리며 웃기 시작했다.

"하긴 그놈 눈이 음흉하기는 하더라."

학생들의 웃음소리를 들으며 김성용이 계속 말했다.

"너희가 찐따라고 생각해 봐. 법정에서 잘 말하지 않으면 학교에서는 괴롭힘을 당할 거야. 그리고 자기 손을 잡아 줬던 여자애도 못 만나."

김성용의 입에서 뿌연 담배 연기가 흩어져 나왔다.

그가 말을 이었다.

"그런데 증언을 잘 하면 계속 여자애를 만날 수 있어. 너희들이라면 뭐라고 증언하겠냐? 죽은 놈은 죽은 거고. 산 놈은 잘 살아야지. 킥킥킥."

옆에서 듣고 있던 2인자 오윤발이 짙은 담배 연기를 입으로 내뿜으며 욕지거리를 내뱉었다.

"재판 끝나면 이번 주에 짜증 나는 거 방우정한테 다 풀어야겠다."

김성용이 고개를 끄덕였다.

"그때 가서 죽여 버리든 말든 그건 네가 알아서 하고."

오윤발이 다른 불량 학생들을 둘러보며 입을 열었다.

"일단 오늘 노래방 데리고 가서 저 찐따 비위 좀 맞춰 줘야겠어. 여자애들한테 찐따랑 일주일 동안 사귀면 돈 준다고 부탁 좀 할까?"

오윤발의 말이 마치자 김성용이 말했다.

"그래, 그렇게 하면 아무 일도 없을 거야. 내가 우리 아빠 변호사 만나서 대처 방법 듣고 올 테니까 걱정하지 말고 있어."

"응."

오윤발은 김성용만 믿는다는 표정으로 그를 바라봤다.

김성용은 담배 연기를 뿜으며 만족한 표정으로 오윤발의 어깨를 토닥였다.

오후 5시.

변호사 사무실에서 사건을 들여다보고 있던 희우는 한 통의 전화를 받았다.

상만이었다.

─지금 여자애들하고 몰려서 노래방에 가고 있답니다.

희우는 상만에게 흥신소 직원에게 학생들을 감시해 달라

는 부탁을 했다.

"아, 땡큐. 계속 부탁한다고 전해 줘."

희우는 전화를 끊고 의자에 몸을 밀어 넣고 천장을 바라봤다. 그리고 한심하다는 듯 고개를 저었다.

"시간이 지났어도 나쁜 놈들이 하는 행동은 언제나 똑같구나."

희우는 핸드폰을 들여다봤다.

잠시 후 문자가 전송되었다.

-빨간 가방이 오윤발이에요.

희우는 핸드폰을 보며 만족스러운 표정을 보였다.

문자를 보내온 것은 방우정이었다.

학생들이 이렇게 나올 것을 알고 희우가 미리 이야기해 뒀던 것.

이제 오윤발을 찾아갈 시간이었다.

"좋아."

희우는 자리에서 일어나 모자를 눌러쓰고 변호사 사무실을 빠져나갔다.

잠시 후, 희우는 학생들이 들어갔다는 노래방 앞에 서 있었다. 노래방에서 학생들이 나온다고 해도 희우를 볼 수는 없는 위치였다.

조금 더 시간이 지나자 학생들이 우루루 몰려나왔다.

그 학생들 가운데 방우정도 보였다.

희우의 눈이 방우정을 지나 주변에 있는 학생들에게 향했다.

남학생과 여학생으로 모여 있는 그들은 눈으로 보기에도 불량한 차림을 하고 있었다.

여학생들은 교복 치마를 딱 달라붙게 만들어 입고 있었고 남학생들 역시 스타킹과 같은 교복 바지를 입고 있었다.

희우의 눈이 다시 방우정에게 향했다. 그의 옆에서 한 여학생이 팔짱을 끼고 깔깔대는 모습이 눈에 보였다.

지하로 내려가는 노래방 계단 앞에 서서 낄낄대며 이야기를 나누는 학생들. 이윽고 그들은 뿔뿔이 흩어졌다.

동시에 희우에게 전화가 왔다.

상만이었다.

—노래방에서 나와서 이제 집으로 가는 것 같다고 합니다.

"응, 빨간 가방 멘 남학생 빼고 다른 학생들 중 아무나 잡고 미행해 달라고 해."

—빨간 가방요? 사장님, 혹시 거기 계세요?

"지켜보고 있으니까 그렇게 전해 줘."

—하하, 학생들 쫓아다니지 말고 저랑 일하자니까요.

"전해 줘."

-네, 알겠습니다.

상만과 전화를 끊고서도 희우의 눈은 빨간 가방을 걸치고 있는 오윤발을 쫓았다.

혼자 걸어가면서도 주머니에 손을 꽂고 어기적어기적 걸어가는 녀석.

희우는 먹이를 노리는 호랑이처럼 조용히 그의 뒤를 쫓았다.

녀석이 들어간 곳은 시내 근처의 한 아파트 단지였다.

지어진 지 오래되었지만 재개발 호재로 꽤 많은 가격이 올라간 곳.

오후 시간이었지만 낡은 단지 내에서 다른 사람은 보이지 않았다.

그때가 되어서야 희우는 녀석을 불렀다.

"어이."

오윤발이 뒤를 돌아봤다. 그의 눈에 모자를 눌러쓴 희우가 들어왔다.

오윤발은 어이없는 표정을 지으며 손가락으로 자신의 몸을 가리켰다.

"나?"

희우는 그저 끄덕일 뿐이었다. 그리고 저벅저벅, 녀석에게 가까이 다가가 앞에 섰다.

오윤발은 희우보다 머리 하나는 큰 키를 가지고 있었다.

그가 아래를 내려다보며 입꼬리를 비틀었다.

"나 알아? 해도 졌는데 선글라스는 뭐야? 패션이야?"

희우가 고개를 저었다.

"어른이 말하면 존댓말을 써야지."

"아니, 그쪽이 먼저 반말했잖아? 학생이라고 우습게 보는 거야?"

희우의 시선이 다시 주변을 훑어봤다. 여전히 오가는 사람은 없었다. 희우는 명함을 꺼내기 위해 품으로 손을 집어넣었다.

갑자기 오윤발이 희우를 향해 주먹을 휘둘렀다.

오윤발에게는 선글라스와 모자를 눌러쓴 희우의 모습이 이상해 보였다.

시국이 흉흉하니 이상한 범죄가 많이 일어나는 세상.

오윤발은 희우가 품에서 흉기를 꺼내는 걸로 크게 착각하고 있었다.

하지만 희우에게 오윤발의 행동은 뜬금없는 공격이었다.

희우의 입에 살짝 미소가 걸렸다.

힘만 믿고 까부는 놈들을 가볍게 때려 주고 싶었지만 기회가 없었다. 그런데 이런 기회를 만들어 주니 감사할 따름이었다.

희우는 살짝 몸을 틀어 그의 주먹을 흘려보낸 후 오윤발의 목 뒷덜미를 손으로 잡아챘다.

희우가 뒷덜미를 당기며 발을 걸자 오윤발은 신체의 균형이 무너지는 것을 느꼈다.

그리고.

콰직!

정통으로 주먹에 배를 맞았다.

숨을 쉴 수 없는 통증을 느끼며 오윤발은 땅에 무릎을 꿇었다.

"꺼억, 꺼억."

오윤발의 앞으로 희우가 눈높이를 맞추기 위해 무릎을 꿇어앉았다.

"아이고, 왜 넘어지고 그래?"

오윤발이 이를 꽉 물며 입을 열었다.

"……너 죽고 싶냐?"

희우가 고개를 저었다. 그리고 다시 품에 손을 넣어 명함을 꺼내 건넸다.

변호사 김희우

명함을 받은 오윤발은 눈이 커지면서 순간 자신의 심장이 쿵쾅거리는 것을 느꼈다.

"기…… 김희우요?"

"김희우는 반말이니까 김희우 변호사님이라고 해 줄래?"

희우는 그를 보며 선글라스와 모자를 벗어 들었다.

오윤발이 멍한 표정으로 입을 벌리고 있었다.

"진짜 김희우네요."

"그럼 가짜냐? 방금은 너 혼자 넘어진 거고 증거나 증인 없으니까 걸고넘어지려고 하지 마라."

"……."

그의 굳은 표정을 보며 희우가 입을 열었다.

"이번에 김성용하고 방우정, 그리고 네가 증인으로 신청된 거 알고 있지?"

"……네? 네, 알고 있어요."

"좀 물어보려고 왔어."

오윤발은 침을 꿀꺽 삼켰다. 그리고 김성용이 했던 말을 떠올렸다.

─변호사 또는 형사가 찾아온다면 아무것도 모른다고 말해. 묵비권이란 게 괜히 있는 게 아니야.

오윤발은 그 말을 기억하며 천천히 고개를 끄덕였다.

"네, 말씀하세요."

희우가 다시 주변을 두리번거렸다.

"근처에 앉아서 이야기할 만한 곳 없냐?"

희우와 오윤발은 조용한 장소로 이동했다.

그곳은 노인정 앞에 있는 놀이터였다.

관리는 되고 있었지만 아이들이 뛰어논 흔적은 보이지 않았다.

그 앞의 등나무에 앉은 희우가 조용히 입을 열었다.

"너희 학교에서 안타까운 사건이 있었지? 너희도 많이 힘들다는 걸 알아. 그래서 내가 그 사건을 꼭 해결해 주고 싶거든. 그래서 같은 반인 너희를 증인으로 신청한 거고."

"네."

오윤발은 희우가 하는 말에 최대한 단답형 또는 묵비권을 사용하려고 단단히 마음먹고 있었다.

희우가 나직이 말을 이어 나갔다.

"고등학교 3학년이면 한창 공부해야 할 나이인데, 친구가 사고 당해서 충격이 크지?"

"……네."

희우의 말은 옆에 앉아 있는 오윤발이 피해자 조용희의 죽음을 진심으로 안타까워하는 쪽으로 몰아가고 있었다.

물론 녀석의 표정이나 하는 행동을 보면 안타까운 마음은 전혀 없어 보였지만 이렇게 하나씩 틀을 만들며 빠져나오지 못할 벽을 만들어 내는 중이었다.

희우는 계속해서 '너희가 힘들겠다.', '내가 꼭 사건을 해결해 주마.' 같은 말을 반복했다.

그리고.

"내가 기억력이 좋지 않아서 지금 우리가 하는 말을 녹음

하고 싶은데 괜찮을까?"

녹음에 대한 이야기를 꺼냈다.

오윤발은 고개를 끄덕였다.

'녹음하기 싫어요!'라고 말하고 싶었지만 이미 희우의 앞에서 '조용희 사건이 해결되었으면 좋겠어요.'라고 계속해서 수긍한 터라 반발하기가 어려웠다.

희우는 핸드폰을 꺼내 녹음 버튼을 누르고 다시 입을 열었다.

"지금부터 하는 녹음은 법정에서 사용할 수도 있어. 괜찮겠니?"

"네? 네."

오윤발은 고개를 끄덕였다. 그러면서 그의 마음속에서는 반드시 애매하게 단답형으로 대답하거나 묵비권을 쓸 생각을 가슴에 새기고 있었다.

희우가 말했다.

"하고 싶지 않은 대답이 있으면 하지 않아도 돼. 그럼 피해자 조용희 학생과 같은 반이었지?"

"네."

"넌 이름이 뭐야?"

"오윤발요."

단답형으로 대답하는 오윤발. 하지만 희우는 아무래도 상관없었다. 이런 것은 이미 예상했으니까.

희우가 말을 이었다.

어게인
마이라이프
SEASON2

"사건이 발생했을 때 어디에 있었어?"

"모르겠어요."

"사건 현장에 있던 것은 아니고?"

오윤발은 고개를 격하게 저었다.

"아니요. 저는 그날 노래방 갔었어요. 그래, 노래방요."

"노래방. 어느 노래방?"

"그것까지는 모르겠어요."

"학교에서 멀지 않은 곳?"

"네? 네."

희우가 다시 물었다.

"조용희는 어떤 학생이었어? 괴롭힘을 당했다는 말도 있던데."

"아뇨, 요즘에 누가 괴롭히고 그래요. 그냥 조용한 편이라 친구가 많지는 않았어요."

희우는 그 이후로 몇 가지를 더 물어봤다.

오윤발은 여전히 단답형으로 대답하고 있었다.

그는 필요한 정보는 처음부터 주지 않겠다고 다짐한 듯했다.

희우는 이야기를 마치고 녹음 종료 버튼을 눌렀다.

처음부터 오늘의 만남에서 많은 것을 얻어 낼 계획은 없었다.

그가 오늘 온 이유는 단 하나.

불량 학생들의 무리에 균열을 만들어 내기 위해서였다.

희우가 나직이 입을 열었다.

"김성용 맞지?"

"네?"

"김성용이 아빠가 시의원이고 윗선하고 잘 연결되어서 다음 총선에는 국회로 갈 수 있다며?"

"……."

김성용이 항상 자랑하듯 이야기했기에 잘 알고 있었지만 오윤발은 대답하지 않았다.

희우가 나직이 말을 이었다.

"너만 알고 있었으면 하는 이야기가 있어."

"네? 저만요?"

"학교에서 사건 현장으로 가는 길에 세워져 있던 차량, 그리고 CCTV를 모두 확보했어."

"……!"

지금의 말은 그들이 조용희를 끌고 아파트로 향한 것을 이미 확보해 뒀다는 말과 같았다.

오윤발의 눈이 떨려 오기 시작했다.

희우는 나직이 말을 이어 나갔다.

"김성용은 빠져나오겠지. 아빠가 힘이 있으니까. 그런데 너는?"

오윤발은 대답할 수 없었다. 그저 마른침을 삼킬 뿐이었다.

희우의 목소리가 계속해서 오윤발의 귀에 들려왔다.

"김성용은 자신은 빠져나올 수 있다고 생각하겠지. 그리

어게인
마이라이프
SEASON2

고 남의 인생은 지옥으로 밀어 넣고 있어. 이렇게 저렇게 하면 해결될 수 있을 거라고 알려 주지 않았어?"

오윤발이 자신도 모르게 고개를 끄덕였다.

분명 김성용은 자기 말만 따르면 해결될 거라고 확신을 가지고 이야기했다.

희우가 말을 이었다.

"그건 쓸데없는 희망이라고 생각하지 않아?"

오윤발의 머릿속에 아침에 김성용이 했던 말들이 떠올랐다.

─아무 일도 없을 거야. 내가 우리 아빠 변호사 만나서 대처 방법을 듣고 올 테니까 걱정하지 말고 있어.

오윤발은 한숨을 내쉬었다.

희우가 오윤발의 등을 토닥이며 자리에서 일어섰다.

"혹시 이런 말 들어 봤어? 자신이 죽지 않는다는 보장이 있는 전쟁이 가장 재미있다는 말. 자신은 빠져나올 구멍을 만들어 놓고 다른 사람의 인생이 개미지옥으로 빠져들어 가는 걸 본다는 건 정말 즐거운 일이야."

"……."

"책임지지 않을 김성용의 달콤한 말에 현혹되지 마."

"……!"

희우는 그 말을 끝으로 자리를 떠났다.

오윤발은 희우가 떠난 후로도 한참 동안 그 자리에 앉아 있었다.

그날 밤, 해당 고등학교 근처의 커피숍.
희우는 피해자 조용희의 부모를 만나고 있었다.
고개를 숙이고 있는 부부.
그들에게서 안타까움이 가득 느껴졌다.
희우가 말했다.
"먼저 잔인한 말을 해야 할 것 같아 미리 사과 말씀을 드립니다."
희우는 자리에서 일어서 부부에게 고개를 숙였다.
부모에게 가슴에 묻은 자식의 사망에 대한 일을 다시 거론해야 할 일이었다.
어쩌면 상처를 후벼 파야 하는 일.
아직 아이가 태어나지 않았지만 얼마 후 한 아이의 아빠가 되는 희우는 어렴풋이 부모의 마음을 느끼고 있었다.
희우가 굽혔던 허리를 편 후 자리에 앉았다.
그때 지금까지 고개를 숙이고 있던 조용희의 엄마가 말했다.
"우리 애는 그렇게 죽지 않았어요."
"……."

"우리 애가 담배를 피웠다고요? 말도 안 돼요!"

부모는 조용희가 지적장애인에게 맞아 죽었다는 것을 믿지 못하고 있었다.

100킬로그램이 넘는 아들이, 담배를 피우지 않는 아들이 흡연을 하다가 지적장애인에게 맞아 죽었다는 것이 믿기지 않았다.

하지만 학교는 묵묵부답이었고 증거는 없었다.

그런 와중에 나타난 희우.

부모는 희우에게 한을 토해 내고 있었다.

조용희 엄마의 눈에 눈물이 그렁그렁 맺혔다.

"우리 아이는 그런 애가 아니에요."

흐느끼는 여성의 목소리가 이어졌다.

"제발…… 제발 도와주세요. 우리 애는 그럴 애가 아니에요."

희우가 천천히 고개를 끄덕였다.

"네, 저도 그렇게 믿고 있습니다. 그래서 이 사건을 맡았습니다. 그럼…… 이제 잔인한 대화를 시작하겠습니다."

그 말에 조용희의 엄마가 눈물을 닦고 희우를 똑바로 바라봤다.

희우가 말을 이었다.

"조용희 군의 평소 행동이 어땠나요? 고등학교 3학년에 올라와서 달라진 점이 있었나요?"

방우정에게 듣기로 김성용과 같은 반이 되면서 조용희는

괴롭힘을 당했다고 들었다. 아무래도 괴롭힘을 당하기 전과 후는 행동의 양상이 변할 수밖에 없다.

희우의 질문에 부부는 천천히 입을 열었다.

그리고 공판 기일되었다.

서울 서부 법원.

평소 법원에 대기하고 있는 기자보다 더 많은 사람들이 대기해서 기다리고 있었다.

그들은 모두 희우를 보기 위해 온 사람들이었다.

찰칵! 찰칵!

플래시가 터지는 소리를 들으며 희우가 차량에서 내렸다.

기자들이 희우의 주변으로 몰려들었다.

"김희우 의원님, 아니 이제 김희우 변호사님이라고 불러야 하나요? 이번 사건을 맡으신 이유가 뭡니까?"

"전관예우라는 말이 있는데 어떻게 생각하십니까?"

"변호사로 김희우 전 의원님이 나온다는 말에 검찰 측의 반응은 어떻습니까?"

희우가 잠시 걸음을 멈추고 기자들을 바라보며 입을 열었다.

"전관예우를 받기 위해 이런 사건을 맡았을 거라고 보는 건 아니요? 예우를 받으려고 했다면 더 큰 사건을 맡았겠죠."

그렇게 대답했지만 기자들은 희우를 놔주지 않았다.

"그럼 이 사건을 맡으신 이유가 뭡니까?"

별것 아니던 조용희 사망 사건은 희우가 변호를 맡으며 세상에 알려졌다.

희우는 더 이상 아무 말도 하지 않고 앞으로 걸어갔다.

법원 로비로 들어갈 때 희우의 앞에 박승환이 섰다.

박승환이 피식 웃으며 악수하기 위해 희우에게 손을 내밀었다.

"오랜만이다?"

희우 역시 그의 손을 잡으며 말했다.

"오랜만이네. 잘 지냈지?"

같은 대학교를 졸업한 희우와 박승환.

함께 학창 시절을 보냈다고 해서 모두 친할 수는 없었다.

과 톱을 놓쳐 본 적이 없는 희우에게 박승환은 피해 의식이 강했기 때문이다.

그리고 희우가 검사 생활을 할 당시에도 두 사람의 지검이 달라 마주친 일이 거의 없으니 친해지기는 어려웠다.

박승환이 입을 열었다.

"그런데 이런 사건은 왜 맡았냐? 신문 기사에서 나오는 전관예우 같은 건 해 줄 생각이 전혀 없는데? 망신만 당하고 갈걸?"

박승환의 목소리에는 적의가 가득했다.

희우는 그저 어깨를 으쓱해 보일 뿐이었다.

박승환이 말을 이었다.

"어쩌냐? 내가 내민 증거를 네가 반박할 수는 없을 것 같은데. 모든 사실이 죄인을 이쪽으로 몰아세우고 있잖아?"

희우가 아무 말도 하지 않자 박승환은 더욱 의기양양한 미소를 띠며 말을 이었다.

"설마, 김희우 '전 국회의원님'이자 '전 검사님'께서 지적장애인이니까 좀 봐주세요, 법은 엄정하지만 모르고 한 일이니까 감형해 주세요, 그냥 격리시켜서 치료받게 해 주세요 같은 감성적인 말을 지껄이지는 않겠지?"

상당히 비아냥거리는 말투였다.

희우는 고개를 저으며 박승환을 바라봤다.

"너 평소보다 말이 많다?"

"······!"

"그렇게 기 쓰지 마. 우리는 이기려고 법정에 서는 게 아니라 진실을 파고들어서 진범을 가리려고 하는 사람들이잖아? 안 그래?"

Chapter 3

박승환이 미간을 찌푸렸다.

"끝까지 잘난 척하기는. 언제까지 그렇게 웃을 수 있나 볼까?"

희우는 박승환의 말에 화답하듯 활짝 웃으며 말했다.

"그리고 너무 걱정하지 마. 난 지금도 잘못했으면 상대가 누구든 똑같이 벌을 받아야 한다고 생각하는 사람이니까."

"그럼 다행이네. 그럼 저놈을 감옥에 처넣을 수 있게 도움 좀 줘라. 아…… 어려우려나? 말은 그렇게 해도 너 이제 밥 먹고살려면 이런 재판에서라도 이겨야 하잖아? 미안하다, 도움 못 줘서."

박승환은 거들먹거리는 말과 함께 몸을 돌렸다. 그의 등을 보며 희우가 입을 열었다.

"아버지는 잘 계시고?"

"……!"

박승환이 고개를 돌리지는 않았지만 어떤 표정을 짓고 있는지 보지 않아도 뻔히 알 수 있었다. 박승환은 지금 입을 꽉 다물고 있을 것이다.

희우의 이전의 삶에서 박승환은 악질 변호사였다. 범인이 분명함에도 불구하고 온갖 위증을 만들어 무죄를 만들어 내던 희대의 악질 변호사. 그것을 가능하게 만들어 주던 것이 박승환의 아버지가 있던 대형 로펌이었다.

하지만 희우가 다시 과거로 돌아와 새 삶을 살며 많은 것이 변했다.

박승환의 아버지는 여전히 권력자, 재력가의 비리를 씻어 주는 악질 로펌의 대표로 있었지만 박승환은 악질 변호사가 아니라 악질 검사가 된 것.

상대가 누구든 최선을 다해 죄인으로 만들어 버리는 악질 검사, '미친개' 박승환.

그는 잡혀 온 죄인들에게 살 떨리게 미운 검사일 수밖에 없으니 그런 박승환이 아버지와 사이가 좋을 수 없었다.

희우는 가볍게 미소 지으며 법정 안으로 들어섰다.

희우는 변호사 대기실로 이동해 자리에 앉아 눈을 감았다.

법원에서 접견할 수 없기에 공판이 시작되길 기다릴 뿐이었다.

그의 머릿속에 많은 생각이 흘러갔다.

정계에 들어서며 다시는 맡을 수 없을 거라고 생각했던 법의 냄새.

이것을 시작으로 싸워야 할 상대.

여러 생각이 복잡하게 들었다.

그때 눈을 감고 있는 희우의 옆으로 누군가의 목소리가 들렸다.

"김희우."

"……."

눈을 뜨고 보니 정치부 박유빈 기자였다.

고등학교 선배인 박유빈 기자는 지금 정치권의 기사를 쓰는 기자로 활약하고 있었다.

희우가 반가운 표정으로 박유빈을 바라봤다.

"아, 선배, 여기는 어쩐 일이세요? 선배가 올 일이 아닌데요?"

"김희우 전 의원이 처음 법원에 서는 모습이잖아. 정계에서 이쪽으로 관심을 가지고 있을 거라는 생각은 안 해?"

"하하, 최근에 그쪽은 생각한 적이 거의 없어서 몰랐네요."

박유빈은 반갑게 웃으며 희우의 앞에 앉았다.

"최근에 정계 돌아가는 소식 알려 줄까?"

"아니요."

"궁금하지 않아?"

"알아서 하겠죠. 이미 떠난 사람이 그쪽에 대해 계속 알려고 관심 가지면 안 되는 거 아닌가요?"

박유빈은 아쉬운 표정으로 희우를 바라봤다.

최근 총선이 끝난 후 권력 구도가 빠르게 움직이는 중이었다.

희우와 손잡았던 황진용 의원.

희우가 정계에서 손을 떼며 황진용 의원의 힘은 반 이상 줄어들었다.

그 자리를 차지하기 시작한 게 초선인 진규학 의원이었다.

진규학 의원의 아래로 새로운 정치를 부르짖으며 구세력과 신진 세력까지 합쳐지고 있었다.

실로 어마어마한 힘이 짧은 시간에 진규학 의원의 손에 모이는 중이었다. 들리는 이야기로는 진규학 의원이 차기 대선까지 바라본다는 말이 있을 정도니까.

사실 짧은 시간에 한 국회의원이 이렇게 많은 권력을 가지기란 어려운 일이었다.

뒤에 누가 봐주지 않으면 힘든 일.

하지만 박유빈은 그에 대해 더 이상 언급하지 않았다.

정말로 희우는 그 어떤 말에도 관심이 없어 보였기 때문이다.

박유빈은 더 이상 정계의 상황에 대해 말하지 않고 희우와 그간 있었던 가벼운 일에 대해 이야기하기 시작했다.

평범한 선후배가 만나서 할 수 있는 대화였다.

한참을 이야기하던 박유빈이 자리에서 일어나 희우에게 손을 흔들었다.

"그럼 잘해. 응원할게. 재판 끝나고 단독 인터뷰해 줄 거지?"

"하하, 생각해 볼게요."

그녀가 떠나고 희우는 다시 눈을 감았다.

박유빈이 하려던 정계의 이야기.

그녀가 이야기하지 않았어도 알고 있었다.

세상이 손에 보이는데 모른 척하고 싶어도 알 수밖에 없었다.

희우가 작게 중얼거렸다.

"다 알고 있어요. 세상은 바뀌지 않아요."

세상은 평범한 사람들에 의해 조금씩 바뀔 거라고 생각했었다. 희우는 그저 세상이 조금씩 바뀌기를 기다렸었다.

하지만 세상을 뒤집지 않는 한 똑같은 사람은 나타난다.

세상은 똑같이 더러운 사람에 의해 더럽게 변해 간다.

그 똑같은 사람을 막기 위해 할 수 있는 방법은 세상을 뒤집는 일뿐이었다.

세상을 뒤집으면 일어날 혼란.

희우의 눈은 혼란을 바라보고 있었다.

그 혼란을 최소화하기 위해 고민하고 있었다.

그리고 공판이 시작되었다.

재판부가 들어서자 방청객은 물론이고 모두가 자리에서

기립했다.

판사가 엄숙한 표정으로 입을 열었다.

"지금부터 재판을 시작하겠습니다. 검사는 어느 분이 나오셨습니까?"

박승환이 판사를 향해 고개를 숙였다.

"서부 지검 박승환 검사입니다."

재판장의 눈이 희우에게 향하자 이번엔 희우가 고개를 숙였다.

"김희우 변호사입니다."

재판장의 시선이 지적장애인 이정근에게 향했다.

"그럼 피고인은 진술하지 않거나 거부할 권리가 있습니다. 또한 자신에게 이익이 되는 사실에 대해 진술할 권리도 있습니다. 피고인의 신상을 물어봐야 하지만 지적 장애가 있음을 감안하여 변호인에게 대리하겠다는 동의를 했습니다. 맞습니까?"

이정근이 고개를 끄덕였다.

"에(네)."

이정근은 지금 무슨 말을 하고 있는지 자신도 잘 모르는 것 같았다.

재판장이 희우를 바라봤다.

"피고인의 주민 번호를 말해 주세요."

희우가 이정근의 신상에 대해 대답하자 판사는 검사 자리

어게인
마이라이프
SEASON 2

에 앉아 있는 박승환을 바라봤다.

"검사는 공소 요지를 진술해 주세요."

박승환이 자리에서 일어서 입을 열었다.

"피고인 이정근은 지난 5월 23일 수요일 17시경 동사무소로 가던 중, 흡연을 하고 있는 고등학교 3학년 조용희를 목격하고 폭력을 행사했습니다. 피해자 조용희는 상대가 지적장애인임을 알아채고 자리를 피하려고 했지만 피고인은 끝까지 피해자를 쫓아가 머리와 명치를 주먹과 발로 가격해 숨지게 만들었습니다. 이에 본 검사는 형법 제250조를 적용하여 피고인 이정근을 살인죄로 기소합니다."

판사가 희우를 바라보며 입을 열었다.

"피고인은 검사의 공소 사실을 인정합니까?"

희우가 고개를 저으며 자리에서 일어섰다.

"인정하지 않습니다. 먼저 의심되는 상황이 많습니다. 피해자의 상흔을 보면 오래전부터 누군가에게 구타당한 사실이 있습니다."

판사는 가만히 희우의 말을 기다렸다.

희우의 목소리가 계속 이어졌다.

"검사 측은 상대가 지적장애인이었기에 피해자 조용희가 자리를 피하려고 했다고 합니다. 하지만 현장을 보면 뿌리치고 도망가기에도 충분한 공간이 있었습니다. 맞서 싸워도 좋을 돌이나 철근 같은 물건이 많이 보였습니다. 열아홉 살의 고등학생이 지적장애인에게 맞고만 있었다는 것은 처음부터 말이 되지 않는 일입니다."

희우의 말을 들은 박승환의 입에 비릿한 미소가 끼었다. 그리고 그가 말했다.

"이의 있습니다. 재판장님, 지금 변호인 측은 근거 없는 추측으로 법정에 혼란을 주고 있습니다."

재판장이 고개를 끄덕였다.

"인정합니다."

희우가 한발 물러서 고개를 숙였다.

"죄송합니다."

판사가 희우와 박승환을 번갈아 보며 계속 말했다.

"그럼 검사와 변호사는 각자의 주장에 대한 증거를 제출하세요. 검사 측부터 이야기하십시오."

"네."

박승환이 자리에서 일어서 서류 뭉치를 들고 앞으로 걸어갔다.

"본 검사는 피해자가 피고인 이정근에게 맞아 뇌출혈로 사망했다는 것을 증명하기 위해 국과수 부검 소견서와 과학수사대의 보고서를 제출하겠습니다. 그리고 평소 피고인이 반사회적 폭력성을 가지고 있었다는 것을 증명하기 위해 라임 정신 건강 병원 황만식 교수의 소견서를 제출하겠습니다."

박승환의 눈이 순간 희우를 향했다. 그리고 그의 눈이 반

짝였다. 이번에는 반드시 이기고야 말겠다는 생각이 강하게 느껴질 정도였다.

박승환의 말이 이어졌다.

"피고인은 자신이 피해자를 때린 것은 인정하면서도 지적 장애인임을 이용해 몰랐다거나 우발적 범행이라고 주장하고 있습니다. 이번 사건이 우발적 범행이 아닌 계획적임을 증명 하기 위해 동사무소 직원인 공우원 씨를 증인으로 신청하겠 습니다. 그래서 피고인이 그 전부터 담배를 피우는 학생을 죽여야 한다는 말을 서슴지 않고 해 왔다는 것과 실제로 학 생들과 싸움이 잦았다는 것을 증명하겠습니다. 마지막으로 현장을 목격한 주민 도대효 씨를 증인으로 신청하겠습니다. 이상입니다."

판사가 고개를 끄덕였다.

"알겠습니다. 다음, 변호인, 말씀하세요."

희우가 앞으로 걸어 나왔다.

"검찰 측의 증거에 대해 인정하겠습니다. 저는 검찰 측에 서 주장하는 바가 단지 사건에 대한 추정일 뿐, 사실이 아니 라고 생각합니다. 이를 증명하기 위해 피해자 조용희의 같은 반 급우인 방우정과 오윤발, 김성용을 증인으로 신청합니다. 그리고 학교에서 아파트로 향하는 길에 있는 CCTV의 녹화 장면을 증거로 제출하겠습니다. 이상입니다."

변호인의 말까지 끝나자 판사가 입을 열었다.

"알겠습니다. 그럼 검찰과 변호인의 증거를 모두 받아들이도록 하겠습니다."

본격적으로 공판이 시작될 시간이었다.

희우가 겁을 먹고 떨고 있는 이정근의 어깨를 토닥였다.

"겁먹지 말고 계세요. 제가 알아서 하겠습니다."

이정근이 고개를 끄덕였다.

"에(네)."

공판을 지켜보던 강민석 변호사가 옆에 앉아 있는 김지임 비서에게 살짝 입을 열었다.

"검찰에서 단단히 준비하고 나온 것 같은데?"

김지임이 고개를 끄덕였다.

"호락호락하게 준비해 나오지는 않았을 겁니다. 제가 조사해 본 바에 따르면 박승환 검사가 김희우 변호사에 대해 좋지 않은 감정을 가지고 있다 합니다."

"그래?"

"네, 대학 시절에 김희우 변호사님을 한 번도 이겨 보지 못했다고 합니다."

강민석 변호사가 조용히 미소 지었다.

"그럼 이번에도 김희우 변호사가 이기겠네? 김희우는 한

번 이긴 상대에게 절대 지지 않는다는 이상한 목표를 가지고 있거든."

"그런가요?"

강민석 변호사가 고개를 끄덕이며 말했다.

"응, 그리고 자네 같은 인재가 김희우 변호사의 백업을 봐주고 있잖아?"

자네 같은 인재가 백업을 봐준다는 말에 김지임 비서는 그저 어색하게 웃었다.

그녀는 희우에게 도움을 준 게 없다. 그저 시킨 일만 했을 뿐이다.

그녀는 강민석 변호사가 듣기 어려운 작은 목소리로 중얼거렸다.

"저도 도움을 줬으면 좋겠습니다."

꿍

판사의 앞에서 증인들이 모두 나와 선서하고 들어갔다.

검사 측의 증인은 정신병원 의사, 동사무소 직원, 최초 목격자인 동네 주민이었고 변호인 측의 증인은 피해자와 같은 반인 세 명의 학생들이었다.

먼저 검찰 측 증인인 라임 정신 건강 병원 황만식 교수가 증인석으로 이동했다.

판사가 입을 열었다.

"검사께서는 증인신문을 시작해 주십시오."

박승환이 증인의 앞으로 걸어 나오며 입을 열었다.

"증인의 직업은 무엇입니까?"

"라임 정신 건강 병원 원장이며 정신과 전문의입니다."

박승환이 고개를 끄덕이며 물었다.

"이정근 씨를 치료한 적이 있나요?"

"네, 있습니다."

"언제죠?"

"그러니까 약 7개월 전입니다."

박승환은 잠시 희우를 바라봤다.

그의 눈빛엔 '넌 졌어.'라는 확신이 가득했다.

그리고 박승환은 다시 증인에게 질문을 이어 갔다.

"이정근 씨의 정신 감정은 어땠나요?"

"매우 불안정한 상황이었습니다. 지적장애인임을 감안한다고 해도 반사회적인 측면이 컸으며 사회 공포증이 있었습니다."

박승환이 고개를 갸웃거렸다.

"사회 공포증요? 사회 공포증이 뭔가요?"

"쉽게 설명드리면 다른 사람들이 자신을 우습게 본다는 생각을 갖는 겁니다. 자연스럽게 사람들 앞에 나서기 어려워지는 거죠."

박승환이 다시 물었다.

"그게 문제가 되나요?"

"……네, 심한 증상일 경우는 다른 사람들이 자신을 공격한다는 생각을 가지게 됩니다. 그럼 역으로 자신이 공격당하지 않기 위해 다른 사람을 먼저 공격하는 경우가 생기게 되지요."

박승환의 입꼬리가 슬쩍 말려 올라갔다.

"이정근 씨의 증상은 어땠죠?"

"심한 편이었습니다."

"그래서 어떤 치료 방법을 제시했나요?"

"약물 복용을 처방했고 한 달이 조금 지난 후에 반응을 확인하여 약물을 증량하려고 했습니다."

박승환이 고개를 갸웃거리며 물었다.

"증량하려고 했다는 말은 결국 약물로 치료하지 못했다는 말인가요?"

"네, 이정근 씨가 병원에 나오지 않아서요."

대답을 들은 박승환이 몸을 돌려 판사를 바라봤다.

"사회 공포증은 치료 약물에 따라 다르지만 크게 20~37.5밀리그램씩 복용하기 시작하여 6주 후에는 최대 60~225밀리그램까지 증량합니다. 하지만 이정근은 약물치료를 받지 않았고 최근 검사 결과, 사회 공포증이 더 심해졌음을 알 수 있습니다. 이에 본 검사는 이정근의 진단서와 사회 공포증

질환을 앓고 있는 환자들이 만들어 낸 사건 파일을 증거로 제출하겠습니다."

박승환은 재판장의 앞으로 걸어가 증거를 내밀었다. 그리고 말했다.

"이상입니다."

판사의 눈이 희우를 바라봤다.

"변호인, 반대신문 하겠습니까?"

희우가 자리에서 일어섰다. 그리고 황만석 교수의 앞으로 다가가 입을 열었다.

"사회 공포증을 가진 사람들이 살인 사건이나 폭행 사건을 만들어 내는 경우가 얼마나 됩니까? 자세히 모르신다면 통계적으로 말씀하실 필요는 없고 증인이 예상하는 바를 말씀해 주셔도 됩니다."

"극히 일부이지만 없다고는 말할 수 없습니다."

"살인이나 폭행 사건을 일으킬 정도로 사회 공포증을 가진 사람은 세상이 다 두렵겠네요? 그런 사람이 밖으로 나가 활보할 수는 있습니까?"

황만석 교수가 고개를 갸웃거렸다.

"그건…… 어렵겠지요. 보통 집에서 배달 음식도 시켜 먹기도 어려워하니까요."

희우는 몸을 돌려 판사를 바라봤다.

"재판장님, 증인은 정신병원 전문의입니다. 증인은 사회 공포증이 심한 사람은 배달 음식도 시켜 먹기 어렵다는 말을 했습니다. 하지만 이정근 씨는 사건 당일 집 밖으로 나가 동사무소로 향하는 중이었습니다. 공포증이 심했다면 가능한 일이었을까요? 이상입니다."

판사가 고개를 끄덕였다.

"증인, 고생하셨습니다. 돌아가셔도 좋습니다."

황만석 교수가 자리에서 일어나 퇴장했다.

박승환의 눈은 희우를 노려보고 있었다.

다름 아닌 희우와의 싸움이었기에 쉽지 않을 재판이 될 거라는 건 알고 있었다. 하지만 황만석 교수를 증인으로 세운 것을 한 번에 수포로 만들어 버릴 줄은 몰랐다.

황만석 교수가 법정에서 사라지자 판사가 다시 입을 열었다.

"다음 증인인 공우원 씨에 대한 신문을 시작하겠습니다."

공우원은 동사무소에서 일하는 직원으로 검찰 측에서 내세운 증인이었다. 그가 증인석으로 들어오자 신문하기 위해 박승환이 자리에서 일어섰다.

박승환이 입을 열었다.

"직업이 무엇입니까?"

"네? 장애인 복지 담당 일을 하고 있습니다."

"이정근 씨는 한 달에 몇 번 정도 복지관을 찾아오나요?"

공우원이 고개를 갸웃거렸다.

"한 달에 한 세 번……?"

"무슨 이유로 찾아오나요?"

"글쎄요. 딱히 이유는 없고 심심하면 오는 것 같았습니다."

"심심하면요?"

"네."

박승환이 공우원의 주변을 돌며 다시 물었다.

"이정근 씨가 공우원 씨 외의 다른 직원에게 가기도 하나요?"

"아니요. 저하고만 이야기했습니다. 제가 없으면 그냥 집에 갔다고 들었습니다."

"그럼 다른 직원하고는 이야기하지 않나요?"

"안 합니다. 저하고만 이야기했습니다."

"이유는요?"

공우원이 머리를 긁적였다.

"……다른 사람하고 이야기하는 것을 두려워했습니다."

박승환이 이해한다는 표정으로 고개를 끄덕였다. 그는 지금 이정근의 사회 공포증을 다시 한 번 상기시키려는 계획을 가지고 있었다. 그리고 목표를 이룬 후, 다시 말을 이었다.

"이정근 씨가 평소 어떤 이야기를 했습니까?"

증인 공우원은 슬쩍 희우 옆에 앉아 있는 이정근을 바라봤다. 대충 보기에도 지금 이 상황에 겁먹고 부들부들 떨고 있는 이정근이었다.

공우원은 걱정스러운 표정으로 이정근을 보고 있었다.

박승환이 공우원의 눈빛을 알아채고 입을 열었다.

"진실만을 이야기해 주십시오."

공우원이 고개를 끄덕였다. 그리고 조심스레 입을 열었다.

"다 죽여 버리고 싶다는 말을 했습니다. 특히 중학생들, 고등학생들을 죽이고 싶다고 했습니다."

"중·고등학생을 특정 지은 이유가 있습니까?"

공우원이 고개를 끄덕였다.

"네, 불량 학생들이 이정근 씨를 많이 괴롭혔거든요. 그, 어릴 때 동네에 한 명씩 있던 바보 형."

"계속 말씀하십시오."

"학생들은 이정근 씨를 그런 바보 형으로 생각하는 것 같았어요. 돌도 던졌고 침도 뱉고 그랬으니까요."

박승환의 눈이 찌푸려졌다.

"괴롭혔다고요?"

"네, 저도 몇 번 봐서 구해 준 적이 있었습니다."

"구해 준 적이 있다고요?"

"네, 고등학생들이 이정근 씨를 괴롭히는 중이었어요. 침 뱉고…… 돌 던지고요."

"그 고등학교가 사건의 피해자가 다니는 고등학교였습니까?"

"네."

박승환이 더 강하게 힘을 줘서 말했다.

"그럼 이정근 씨가 평소 그 고등학교 학생들에 대한 감정이 좋지 않았겠군요?"

"많이 안 좋았습니다."

공우원의 입에서 그 말이 나오자 희우 옆에 가만히 앉아 있던 이정근이 큰 소리를 내기 시작했다.

"아이에요(아니에요), 아이에요(아니에요)! 그 애들이 놀리는 건 시렀지만 가치 노라 줄 때는 조아써요(그 애들이 놀리는 건 싫었지만 같이 놀아 줄 때는 좋았어요)."

이정근의 목소리는 억울함으로 가득 차 있었다.

하지만 이런 감정적인 소모는 재판에 불리할 뿐이었다. 게다가 지적장애인의 불안한 심리를 드러낸다는 것은 박승환의 마수에 걸려드는 것과 마찬가지였다.

희우는 이정근의 손을 꽉 잡았다. 그리고 그의 귓가에 입을 대고 작게 말했다.

"아니라는 거 다 알아요. 그러니까 조금만 참으세요. 집에 가게 해 드릴게요."

희우의 말에 이정근은 안정을 되찾았는지 고개를 끄덕였다. 하지만 그렇다고 해서 그의 표정이 편안하게 풀어진 것은 아니었다.

이정근을 바라보던 박승환의 입가에 다시 미소가 맺혔다.

더 말할 필요도 없었다.

저기서 난동을 피워 줬으면 좋았겠지만 이 정도로도 충분하다고 생각했다. 그리고 박승환은 고개를 끄덕이며 판사를 바라봤다.

어게인
마이라이프
SEASON2

"이상입니다."

판사가 희우를 바라봤다.

"변호인. 반대신문 하시겠습니까?"

"네."

희우는 자리에서 일어나 증인의 앞으로 걸어갔다.

"증인은 이정근 씨의 집에 자주 찾아가 보셨습니까?"

"네. 아무래도 제 일이 장애인 복지다 보니 정기적으로 찾아갔습니다."

"문을 열어 줄 때 두려워하는 기색이 있었습니까?"

"노크하면 두려워했는데 목소리를 들으면 반갑게 열어 줬습니다."

희우가 증인을 물끄러미 바라보며 계속 물었다.

"그럼 이정근 씨가 고등학생들을 죽여야겠다거나 살인하고 싶다고 하는 말을 하는 걸 들은 적이 있습니까?"

희우의 질문에 박승환은 자신도 모르게 미소를 지어 버렸다. 분명 앞서 한 질문에 증인은 그런 말을 주로 했었다고 이미 증언한 상황. 지금 희우의 질문은 또 똑같은 걸 물어봐 같은 대답을 들어 확인 사살을 하는 꼴이었다.

증인 공우원이 입을 열었다.

"네, 죽이고 싶다는 말을 자주 했습니다."

"그럼 바꿔서 물어보겠습니다. 증인 공우원 씨는 친구들과 있을 때 누구를 죽이고 싶다, 아니면 정말 싫다, 없었으면 좋겠다 같은 말을 한 적이 없습니까?"

"네?"

공우원이 황당한 표정으로 희우를 바라봤다.

박승환이 자리에서 일어나 말했다.

"이의 있습니다. 변호인 측은 지금 사건과 관계없는 말로 논점을 흐리고 있습니다."

희우가 박승환을 보며 살짝 고개를 숙였다.

"죄송합니다. 그럼 다시 물어보겠습니다. 공우원 씨는 이정근 씨와 가장 가까운 사람으로 보입니다. 이정근 씨는 심심할 때 공우원 씨를 찾아갔고 공우원 씨가 집에 오는 걸 반가워했으니까요."

"……."

"보통 친구가 그렇지 않습니까?"

박승환이 다시 이의를 제기하기 위해 자리에서 일어섰다.

하지만 희우가 바로 질문에 들어갔다.

"증인, 평소 이정근 씨의 심성을 봤을 때 누군가를 죽일 사람으로 보였습니까?"

"네?"

잠시 생각하던 공우원이 고개를 저었다.

"아닙니다. 말만 그렇게 했지, 누군가를 해할 사람은 아니었습니다."

희우가 몸을 돌려 판사를 바라봤다.

"이상입니다."

판사가 말했다.

"검사는 증인에게 더 신문하실 것이 있습니까?"

박승환이 답했다.

"없습니다."

공우원이 퇴장하고 이정근의 동네 주민이었던 도대효가 증인으로 들어왔다.

박승환이 앞으로 걸어 나갔다.

"증인은 이정근 씨와 어떤 관계죠?"

"해당 동의 동 대표였습니다. 옆집에 살았고요."

"이정근 씨가 학생들을 좋아하지 않았나요?"

증인 도대효가 고개를 끄덕였다.

"좋아할 리가 없죠. 바보라고 놀리고 돌을 던졌는데요."

박승환이 고개를 끄덕였다.

"증인은 현장을 목격했다고 했습니다. 당시 상황을 이야기해 주시겠습니까?"

증인 도대효는 눈동자를 위로 올려 잠시 생각에 빠졌다. 그리고 떠올리기 싫다는 듯 미간을 찌푸리며 입을 열었다.

"제가 갔을 때는 이미 학생이 죽어 있었습니다. 하지만 이정근 씨는 멈추지 않고 피로 물든 주먹으로 학생을 때리고 있었지요. 참혹했습니다."

박승환이 다시 물었다.

"주변에 다른 사람들이 있었습니까?"

"없었습니다."

"증인은 무슨 일로 밖에 나왔던 겁니까?"

"담배를 사러 나왔었습니다."

박승환이 몸을 돌려 판사를 향해 말했다.

"이상입니다."

박승환이 들어가자 희우가 자리에서 일어났다. 그리고 증인 앞으로 걸어갔다.

박승환은 희우를 노려보고 있었다.

'넌 나를 이길 수 없어.'

희우는 박승환의 눈빛을 흘려 넘기며 증인 도대효의 앞에 섰다.

"증인이 신고했나요?"

"아닙니다. 신고하려고 할 때 바로 경찰이 왔습니다."

"그럼 누군가 다른 사람이 신고했다는 거군요?"

"……네."

"주변에 아무도 보이지 않았는데 신고한 사람이 있었다는 거군요?"

"네."

희우가 고개를 끄덕이며 말을 이었다.

"이정근 씨가 피해자를 폭행하고 있었을 당시 자세를 말씀해 주실 수 있습니까?"

"네? 그러니까 쓰러진 사람의 위에 올라타서 때리고 있었습니다."

"얼굴을 때리고 있었나요?"

"아뇨, 가슴을 때리고 있었습니다."

"네, 알겠습니다. 이상입니다."

검사 측 증인은 모두 끝났다.

이제 변호인의 증인이 들어올 차례였다.

가장 먼저 들어온 것은 피해자 이정근의 친구인 방우정이었다.

판사가 입을 열었다.

"변호인, 신문 시작하세요."

희우가 방우정 앞으로 걸어갔다. 그리고 상대의 손을 물끄러미 바라봤다. 증인석에 나와 있다는 게 겁이 나는 듯 부르르 몸을 떨고 있었다. 성인도 두려운 자리이니 고등학생이 견딜 심적 부담감은 상상하기 어려웠다.

희우는 모든 것을 이해한다는 듯 방우정의 어깨에 손을 올렸다. 따뜻한 희우의 손은 겁먹지 말라고 이야기하고 있었다.

온기를 느꼈을까? 방우정은 깊게 숨을 내쉰 후 어깨를 펴고 앞을 바라봤다. 그리고 할 수 있다는 듯 고개를 끄덕였다.

그제야 희우가 입을 열었다.

"증인은 피해자 조용희와 어떤 사이죠?"

"같은 반 친구입니다."

"친했나요?"

"……네, 점심시간에 같이 밥을 먹었습니다. 학교가 끝나고 자주 만나기도 했고요."

"그럼 증인은 피해자 조용희에 대해 잘 알고 있겠군요?"

방우정은 머리를 긁적이며 대답하는 것을 망설였다.

친구라고는 했지만 잘 알고 있다고 하기는 어려웠으니까.

그의 망설임을 보며 희우가 다시 입을 열었다.

"좋습니다. 그럼 본격적인 신문으로 넘어가겠습니다. 증인은 사건이 일어났던 날, 무엇을 했었나요?"

방우정은 마른침을 삼켰다. 그리고 천천히 입을 열었다.

"평소대로 집에 갔었습니다."

"가서 뭘 했죠?"

"게임을 했습니다."

"어떤 게임을 했죠?"

"네?"

방우정이 희우를 바라봤다. 난데없이 어떤 게임을 했냐고 질문한 희우의 의도를 몰라서였다.

그것은 검찰 측에 있는 박승환도 마찬가지였다.

박승환이 자리에서 일어나 판사에게 입을 열었다.

"재판장님, 지금 변호인은 사건과 관계없는 질문으로 재판의 본질을 흐리고 있습니다."

판사의 시선이 희우를 향했다.

"변호인, 그런 질문을 한 이유가 있나요?"

희우가 고개를 끄덕였다.

"네, 있습니다. 피해자 조용희와 증인 방우정 학생은 괴롭힘을 당하고 있었습니다. 그것을 증명하기 위함입니다."

"인정합니다. 계속하십시오."

희우의 눈이 다시 방우정을 바라봤다.

"증인은 어떤 게임을 했었는지 말해 주십시오."

"요즘 유행하는 온라인 게임을 했었습니다. 사냥을 해서 경험치를 올리는 게임요."

"자신의 캐릭터를 플레이했습니까?"

"네?"

방우정의 눈이 떨려 왔다.

그는 다른 학생의 캐릭터를 키우고 있었다.

그 사실을 정확히 기억하고 있는 이유가 바로 사건 당일, 불량 학생들이 피해자 조용희를 끌고 가며 했던 말이 있었기 때문이다.

ㅡ너, 레벨 안 올려놓으면 내일 이놈처럼 맞는다.

불량 학생들에게 끌려가던 조용희의 눈이 방우정에게 잡힐 듯 보이고 있었다.

방우정의 떨리는 눈을 보며 희우가 다시 물었다.

"자신의 캐릭터를 플레이했습니까?"

방우정의 눈이 방청석으로 향했다.

같은 반 불량 학생들이 무서운 눈으로 방우정을 노려보고 있었다.

두려웠다.

재판이 끝나면 다시 학교로 돌아가 저들에게 시달릴 생각을 하니 무서웠다.

희우는 흔들리는 방우정의 어깨를 다시 손으로 감쌌다. 그리고 힘 있는 목소리로 다시 물었다.

"증인은 누구의 캐릭터를 플레이했습니까?"

방우정은 눈을 질끈 감았다.

지금 용기를 내면 모든 것이 정상적으로 돌아갈 수 있다.

죽은 조용희도 편히 눈을 감을 수 있다.

누가 조용희를 죽였는지 방우정은 알지 못한다.

하지만 조용희가 괴롭힘을 당하다가 죽었다는 것이 알려진다면 조금은 편히 눈을 감을 수 있을 거라 생각했다.

그렇게 생각하는 순간.

방우정의 귀에 김성용의 목소리가 들리는 것 같았다.

─산 사람은 살아야지.

방우정의 손이 다시금 부르르 떨려 왔다.

희우는 정확히 방우정의 손을 바라보고 있었다. 그리고 입을 열었다.

"게임 회사의 로그인 기록을 확인할 수 있습니다. 증인은 사실을 말해 주십시오."

방우정은 떨리는 주먹을 꽉 쥐었다.

'그래, 여기는 거짓말하면 안 되는 증인석이야.'

그리고 용기를 내어 입을 열었다.

"다른 학생의 캐릭터를 키웠습니다."

"왜? 다른 학생의 캐릭터를 키웠죠?"

"키워 놓지 않으면 다음 날 조용희처럼 맞을 거라는 말을 들었습니다."

희우가 고개를 끄덕였다.

"조용희처럼 맞을 거라고요?"

"네."

"조용희 학생은 그날, 학교가 끝나고 무엇을 하고 있었습니까?"

방우정의 눈동자가 다시 흔들렸다. 그는 천천히 입을 열었다.

"학교 불량 학생들에게 끌려갔습니다. 제가 알고 있는 것은 여기까지입니다."

희우가 고개를 끄덕였다.

"이정근 씨에게 맞아서 사망했다고 알려진 피해자 조용희 학생이 불량 학생들에게 끌려갔다는 거죠?"

"……네."

희우가 판사를 보며 말했다.

"재판장님, 증인이 했던 게임의 접속 기록에 대한 문서 제출 명령을 신청합니다."

판사가 고개를 끄덕였다.

"알겠습니다."

"이상입니다."

희우가 자리로 들어갔다.

박승환은 자리에서 일어서 방우정의 앞으로 걸어 나왔다.

"증인도 괴롭힘을 당했다고 했죠?"

"네."

"어떻게 괴롭힘을 당했는지 자세히 이야기해 주시겠습니까?"

"네?"

방우정은 숨을 낮게 들이마셨다. 그리고 박승환의 눈을 마주치려 하다가 황급히 고개를 돌렸다. 일반 고등학생이 검사의 눈빛을 바라보는 것은 어려운 일이었다.

박승환은 차가운 눈빛으로 방우정에게 어서 이야기하라고 종용했다.

방우정이 입을 열었다.

"요즘 학생들은 셔틀이라는 걸 합니다. 셔틀이라는 말이 뭔가를 대신해 주는 걸 말하는데, 게임 셔틀, 급식 셔틀, 숙제 셔틀 등등이 있어요."

박승환이 고개를 끄덕였다.

"그럼 증인이 했던 것은 게임 셔틀인가요?"

"……네."

희우가 자리에서 일어섰다.

"이의 있습니다. 재판장님, 검찰은 지금 증인으로 나온 학생에게 또 다른 피해 사실을 꺼내 상처를 주고 있습니다."

박승환이 고개를 저었다.

"사건의 경위를 알아보기 위한 정당한 신문입니다."

판사가 가만히 박승환을 바라봤다. 그리고 고개를 끄덕였다.

"검사, 계속하세요."

박승환이 판사에게 살짝 고개를 숙인 후 다시 방우정을 신문했다.

"불량 학생들이 요구한 수준을 이행하지 못하면 어떤 식으로 괴롭힘을 당하나요?"

"가볍게는 단체 톡방에 불러들여서 단체로 욕과 협박을 하고요."

"심하게는?"

"때립니다. 학교에서도 때리고 수업 시간이 끝나고 끌고 가서 때립니다."

"어떻게 때렸죠?"

방우정은 잠시 아무 말도 하지 않고 고민하더니 어렵게 입을 열었다.

"엎드려뻗쳐를 시킨 다음에 각목으로 엉덩이와 허벅지를 때립니다."

학생이 학생을 엎드려뻗쳐를 시켜 때린다는 말에 방청석은 잠시 술렁거렸다.

방청하러 온 불량 학생들은 얼굴이 심각하게 굳어진 채로 방우정을 노려보고 있었다.

하지만 방우정은 침착하게 말을 이었다.

"……보통 열 대를 때립니다. 그 이상은 다칠 수도 있다고 때리지 않아요."

박승환이 고개를 끄덕였다.

"그 이상이 되면 다칠 수도 있다고 안 때린다는 거죠?"

"……네."

박승환이 몸을 돌려 판사를 바라봤다.

"불량 학생들은 그 다치지 않는 한계 범위를 정해 두고 괴롭히고 있었습니다. 이는 피해자 조용희의 사망이 불량 학생들과 큰 연관이 없다는 증언이 되기도 합니다. 이상입니다."

다음 증인으로 나서야 하는 오윤발.

그는 침을 꿀꺽 삼켰다.

잘못이 있으니 긴장이 안 될 수 없었다. 그는 호흡을 하며 천천히 증인석을 향해 걸어 나왔다.

오윤발이 자리하자 희우가 자리에서 일어나 앞으로 걸어 왔다.

"피해자 조용희와는 어떤 관계죠?"

"같은 반입니다."

"네, 피해자가 사망했던 날 어디에 있었죠?"

"노래방에 있었습니다."

희우가 판사를 바라보며 입을 열었다.

"재판장님, 증인과 사건 당일에 대해 대화했던 녹음 파일이 있습니다. 들어 보게 해 주십시오."

"인정합니다."

희우는 핸드폰을 들어 플레이 버튼을 눌렀다.

핸드폰에서는 희우와 오윤발의 대화 내용이 흘러나왔다.

-아니요. 저는 그날 노래방 갔었어요. 그래, 노래방요.

-노래방. 어느 노래방?

-그것까지는 모르겠어요.

-학교에서 멀지 않은 곳?

-네? 네.

희우가 다시 판사를 보며 입을 열었다.

"하지만 사건 당일 길가에 있던 차량과 학교 근처의 CCTV를 보면 증인은 노래방이 아니라 사건 현장으로 가고 있다는 것을 알 수 있습니다."

판사가 고개를 끄덕이자 희우는 USB를 판사에게 넘겼다.

사람들이 재판장에 있는 스크린에 영상을 틀기 위해 준비하자 오윤발은 치아를 악물었다.

희우가 오윤발과 만났을 때 분명 CCTV를 확보했다는 말을 했었다.

'바보같이 그걸 잊어 먹고 있었어.'

오윤발은 재판에 증인으로 간다는 불안감에 중요한 것을 기억하지 못하고 있었다. 하지만 이미 거짓 증언은 했고 스크린에서는 학생들이 우루루 걸어가는 모습이 나타나고 있었다.

그 안에는 아홉 명의 무리가 건들건들 걸어가는 것이 보였다. 하지만 그 무리에 조용희가 있는지 오윤발이 있는지는 나타나지는 않았다.

오윤발은 순간 주먹을 꽉 쥐었다.

'CCTV 화질로는 교복을 입은 사람이 누가 누군지 알 수 없잖아?'

하지만 그 기쁨은 잠시였다.

희우가 말했다.

"화면에 보이는 것은 CCTV입니다. 그리고."

희우가 말을 마치자 차량의 블랙박스 화면이 잡혔다.

화면에 오윤발과 피해자 조용희가 정확히 보였다.

화면을 보고 있는 검사 박승환은 머리가 복잡해졌다.

검사라는 직업은 죄인을 잡는 게 맞다.

하지만 그는 그보다 김희우라는 변호사에게 지고 싶은 마음은 없었다. 그에게 희우는 오랫동안 이기고 싶었던 사람이니까.

'젠장.'

그는 사건 현장에 CCTV가 없었다는 것만 파악하고 지적장애인 이정근의 진술에 의한 조사를 우선적으로 했을 뿐이었다.

피해자 조용희가 학교에서 괴롭힘을 당한다는 이야기는 들었지만 사건 정황이 워낙 뚜렷하니 거기까지는 생각하지 않고 있었다.

박승환은 한 방 먹었다는 생각을 했다.

그는 천천히 호흡을 가다듬으며 사건을 재구성해 봤다.

학생들이 괴롭혔다는 진술은 있지만 그게 사망으로 이어졌다는 증거는 어디에도 없었다.

그리고 재판은 아직 끝나지 않았다.

'이길 수 있어.'

희우가 다시 증인을 보며 입을 열었다.

"다시 묻겠습니다. 사건 당일, 어디에 있었죠?"

오윤발의 눈동자가 떨려 왔다.

그는 주변을 살폈지만 법원에서 그를 도와줄 사람은 없었다.

그의 머릿속에 김성용이 했던 말이 떠올랐다.

─무조건 기억 안 난다고 해. 그럼 학생한테 뭘 할 수 있을 것 같아? 우리나라, 인권 국가야.

그리고 뒤이어 희우가 했던 말이 떠올랐다.

─김성용은 자신은 빠져나올 수 있다고 생각하겠지. 그리고 남의 인생은 지옥으로 밀어 넣고 있어. 이렇게 저렇게 하면 해결될 수 있을 거라고 알려 주지 않았어? 그건 쓸데없는 희망이라고 생각하지 않아? 책임지지 않을 김성용의 달콤한 말에 현혹되지 마.

오윤발은 고개를 떨어뜨렸다.

아무래도 고민할 수밖에 없는 상황이었다.

희우가 그의 옆을 지나치며 오윤발만이 들을 수 있는 작은 목소리로 입을 열었다.

"혼자 뒤집어쓸래? 그게 의리 있는 행동이라고 생각해? 다른 놈들은 밖에서 대학도 가고 할 텐데?"

"……."

오윤발은 침을 꿀꺽 삼켰다. 그리고 눈동자를 데구르르 굴렸다.

'그래, 때린 것은 인정하자.'

그리고 힘겹게 입을 열었다.

"죄송합니다. 조용희를 때리려고 갔습니다."

지금까지 없던 이야기!

방청석이 웅성거리기 시작했다.

박승환의 얼굴은 일그러졌다.

그 자리에서 평정심을 가지고 있는 사람은 희우뿐이었다.

희우가 다시 입을 열었다.

"화면에 보면 아홉 명이죠? 한 명은 피해자 조용희고, 또 한 명은 증인일 테고, 그럼 나머지 일곱 명은 누구입니까?"

오윤발이 무거운 한숨을 내쉬었다. 그리고 한숨만큼 무겁게 친구들의 이름을 말하기 시작했다.

"……마지막으로 김성용요."

김성용이라는 이름이 나오자 희우가 빠르게 입을 열었다.

"김성용이라고 하면 서울시 시의원인 김후언 의원의 아들이 맞나요?"

"……네."

그 말에 박승환이 자리에서 일어섰다.

"이의 있습니다. 지금 변호인은 사건과 관계가 없는 김후언 의원의 이름을 거론하여 본질을 흐리려 하고 있습니다."

판사가 고개를 끄덕였다.

"인정합니다."

희우가 판사를 보며 가볍게 고개를 숙였다.

"죄송합니다."

그리고 다시 오윤발을 바라봤다.

"사건 당일, 조용희를 폭행했습니까?"

"……네."

다시 웅성거리는 방청석.

그 소리가 워낙 소란스러웠기에 판사가 큰 소리로 제지했다.

"조용히 하세요!"

장내가 조용해지자 희우가 말을 이었다.

"그날도 각목으로 엉덩이와 허벅지를 때렸습니까?"

"……."

"사실을 말씀해 주세요. 사건에 대한 병원 기록은 모두 가지고 있으니까요."

"……그냥 때렸습니다."

"그냥 때렸다는 말은 엉덩이와 허벅지가 아니라 마구잡이로 때렸다는 말인가요?"

"……네."

오윤발은 더 이상 고개를 들지 않았다.

많은 사람들의 시선이 쏠린 곳에서 얼굴을 떳떳이 들고 있을 수 없었다.

그런 오윤발을 보며 희우가 말했다.

"왜 평소처럼 엉덩이나 허벅지가 아니라 마구잡이로 때렸나요?"

오윤발은 무거운 한숨을 내쉬었다. 그리고 입을 열었다.

"조용희가 우리의 일을 서울시 교육청에 올린다고 해서요."

"피해자 학생이 기절했었나요?"

"……."

몇 번의 질문을 더 했지만 오윤발은 고개를 숙이고 아무 말도 하지 않았다.

어게인
마이라이프
SEASON2

희우가 몸을 돌렸다. 그리고 판사를 보며 입을 열었다.

"이상입니다."

판사의 눈이 박승환에게 향했다.

"검찰은 반대신문을 하겠습니까?"

"네."

박승환은 호흡을 가다듬으며 앞으로 걸어갔다. 그리고 고개를 숙이고 있는 오윤발을 물끄러미 바라봤다.

"증인은 피해자 조용희 학생을 폭행했다고 인정했습니다. 맞습니까?"

오윤발은 여전히 아무 말도 하지 않았다.

희우가 질문했을 때와 다를 게 없었다.

박승환은 답답하다는 듯 손으로 자신의 뒷목을 주무르며 오윤발의 앞으로 천천히 얼굴을 갖다 댔다.

박승환은 자신의 목을 주무르던 손으로 오윤발의 어깨를 감싸 쥐었다. 그리고 아무도 들을 수 없는 작은 목소리로 입을 열었다.

"말해. 입 열어. 안 그러면…… 넌 검사라는 직업이 왜 무서운지 알게 될 거야."

박승환의 말에 오윤발의 눈이 사정없이 흔들렸다.

하지만 방청석에는 박승환이 겁먹은 고등학생 증인의 긴장을 풀어 주려고 하는 것처럼 보였다.

박승환이 몸을 일으켜 다시 물었다.

"증인은 피해자 조용희 학생을 폭행했다고 인정했습니다. 맞습니까?"

"……네."

"그럼 증인이 죽였습니까?"

"……!"

오윤발의 손이 덜덜덜 떨려 왔다.

지금 이 상황이 뭐가 뭔지 알 수 없었다.

하지만 정확한 것!

인정하면 끝이다!

오윤발은 고개를 저었다.

"아니요! 우리는 죽이지 않았어요. 그냥 살짝 때리기만 했어요. 그래, 맞아요. 그리고 우리가 조용희한테 담배를 줬어요. 하지만 조용희가 담배를 피우는 걸 보고 바로 다른 곳으로 떠났어요."

박승환이 고개를 끄덕였다.

"죽이지는 않았다는 거군요?"

"네! 안 죽였어요!"

"그럼 얼마나 때렸죠?"

"네?"

오윤발의 눈동자가 데구르르 굴러갔다.

이 상황을 어떻게 빠져나와야 하는지 상당히 고민되었다.

그리고 오윤발은 입을 열었다.

"많이 때리지 않았어요. 하지만 바로 일어서기는 어려웠을 거예요. 많이 맞아서……."

박승환이 몸을 돌려 판사를 바라봤다.

"재판장님, 변호인 측은 현장을 이야기하며 뿌리치고 도망가기에도 충분한 공간이 있었다고 말했습니다. 또한 맞서 싸워도 좋을 돌이나 철근 같은 물건이 많이 있다고 했습니다. 열아홉 살의 고등학생이 지적장애인에게 맞고만 있었다는 것은 처음부터 말이 되지 않는다고 했습니다."

박승환의 시선이 방청석을 향했다. 그리고 계속 말을 이었다.

"하지만 지금 증인은 피해자 조용희 군이 많이 맞아서 바로 움직이기는 어려웠을 것이라고 이야기했습니다. 즉, 지적장애인 이정근은 움직이기가 불편한 조용희를 폭행했다는 말이 됩니다. 이상입니다."

박승환이 자리로 돌아갔다.

그러면서도 그는 한동안 오윤발을 노려봤다.

박승환의 눈은 지금 사건은 이정근의 죄를 묻고 있지만 다음은 '너!'라는 눈빛을 가득 담고 있었다.

오윤발이 퇴장하고 마지막으로 김성용이 앞으로 걸어 나왔다. 희우는 다시 신문하기 위해 자리에서 일어섰다.

"증인은 사건 당일 무엇을 하고 있었습니까?"

"친구들이 조용희를 때리러 간다고 해서 함께 갔습니다."

"함께 때렸습니까?"

"아뇨."

김성용은 다른 증인들과 달리 전혀 떨지 않았다.

오히려 담담한 표정이었다.

희우는 머리를 긁적였다.

살짝 짜증이 나고 있었다.

'아버지가 시의원이라고?'

헛웃음만 났다.

'전교 1등에 싸움도 잘한다고?'

알량한 힘을 믿고 자기가 제일 잘났다고 생각하는 못난 족속.

희우가 살아오며 익히 만나 왔던 사람들이었다.

그리고 그런 사람들은 철저히 우위에 서서 밀어붙이지 않으면 절대 자신의 잘못을 인정하지 않는다는 것도 잘 알고 있었다.

희우가 입을 열었다.

"재판장님, 사건 당일 최초 신고를 했던 사람의 목소리를 증거로 제출하겠습니다."

경찰서에 신고하게 되면 기본적으로 녹음하게 된다.

희우는 그 녹음 파일이 들어 있는 USB를 들어 올렸다.

USB가 재생되었다.

─여기…… 사람이 죽어 있어요.

방청석이 술렁이기 시작했다.

그 목소리의 주인공은 앉아 있는 김성용이었다.

희우가 입을 열었다.

"저 목소리를 알고 있습니까?"

"……."

김성용은 아무 말도 하지 않았다.

희우가 다시 물었다.

"왜 지적장애인한테 맞고 있다는 말을 하지 않고 사람이 죽어 있다는 말을 했습니까?"

"……."

김성용이 아무 말도 하지 않자 희우는 그의 주변을 천천히 걸으며 입을 열었다.

희우는 자신의 뒤통수를 손가락으로 가리키며 계속해서 말을 이어 갔다.

"검사 결과, 사망에 이르렀을 여러 추정 중 가장 유력한 것이 후두부 타격이었을 것이라는 겁니다."

"……."

희우는 검사 박승환을 바라보며 말을 이었다.

"검찰 측 증인인 동네 주민 도대효 씨의 증언을 기억하면 이정근 씨는 피해자 조용희의 위에 올라타서 때리고 있었다고 합니다. 후두부를 가격하기는 어려운 자세죠."

"……."

"지적장애인 이정근 씨의 증언을 따르면 피해자는 담배를 손에 들고 고개를 숙이고 있었다고 합니다."

"……!"

"이정근 씨가 가기 전에 이미 사망에 이르렀을지도 모른다는 추정을 하게 됩니다."

김성용이 낮게 숨을 내쉬었다. 그리고 입을 열었다.

"전 증인으로 나왔는데요. 궁금한 것을 질문하시죠?"

희우가 가소롭다는 듯 피식 웃었다. 그리고 김성용의 어깨에 손을 올리고 천천히 입을 열었다.

"아, 죄송합니다. 바쁜 증인을 불러 놓고 쓸데없는 소리를 하고 있었네. 그럼 질문하겠습니다."

말을 마친 희우가 다시 판사를 바라봤다.

"증거로 채택되기는 어려운 녹음 파일이 있습니다. 상대방의 동의를 구하지 않고 한 녹취입니다. 하지만 사건의 정황을 알아보기 위해 필요합니다. 녹음은 제가 하지 않았고 증인인 방우정 군이 해 왔습니다."

판사가 잠시 생각에 빠졌다. 그리고 고개를 끄덕였다.

"틀어 보십시오."

다시 법정의 직원들에 의해 USB에 있는 녹음 파일이 틀어졌다.

─어이, 4번 셔틀. 너, 가서 쓸데없는 소리 하면…… 네 친구처럼 죽여 버린다.

희우가 김성용을 바라보며 물었다.

"자, 저 목소리의 주인공은 누구입니까?"

"······!"

김성용의 얼굴이 하얗게 굳어 갔다.

희우가 법정의 직원을 바라보자 다시 녹음 파일이 재생되었다. 스피커에서 노래방의 시끄러운 음악 소리가 끝나고 학생들의 목소리가 이어졌다.

–야, 너 말 잘해라. 성용이 무서운 거 알지? 너 말 잘 못하면 조용희처럼 죽을 수도 있어.

–네가 무슨 말 한다고 해서 김성용이 잡혀갈 것 같아? 그 애 아빠가 시의원이야. 시의원.

–야, 겁주지 마라. 대신 말 잘하고 오면 우리랑 계속 여자애들 불러서 놀 수도 있잖아? 성용이도 그렇게 하자고 했고.

녹음 파일이 끝났다.

방우정이 불량 학생들에게 끌려가 녹음해 온 것이었다.

희우가 천천히 김성용을 바라보며 입을 열었다.

"마지막으로 질문하죠. 조용희 살인 사건의 범인은 누구일까요?"

김성용의 눈이 부르르 떨렸다.

지금까지 당돌하던 모습은 없었다.

희우가 다시 말했다.

"동사무소를 가기 위해 나왔던 이정근 씨에게 접근해, 담배를 피우는 학생이 이정근 씨 엄마의 욕을 했다고 전한 사람은 누구일까요?"

충혈된 눈으로 그가 희우를 노려봤다. 그리고 고개를 저었다.

"난 아니야. 난 아니라고!"

희우가 그의 얼굴 가까이 다가가 작게 입을 열었다.

"범인은 너야."

김성용의 눈동자는 떨렸고, 법정은 크게 웅성거리기 시작했다.

희우는 판사를 향해 입을 열었다.

"재판장님, 김성용과 불량 학생들은 조용희 군이 괴롭힘을 당한다는 것을 교육청에 고발하려고 하자 폭력을 행사했습니다. 그리고 조용희 군은 사망에 이르렀습니다. 김성용은 살인을 숨기기 위해 동사무소로 향하던 이정근 씨에게 다가가 이미 사망한 조용희 군이 이정근 씨의 엄마 욕을 했다고 전했습니다."

희우의 말을 박승환은 주먹을 꽉 쥔 채 듣고 있을 뿐이었다.

반박할 말도 없었고 이미 끝난 게임을 뒤집을 생각도 없었다. 이기려고 발버둥을 칠수록 초라해지는 건 자신이라는 걸 알고 있으니까.

희우가 계속 말했다.

"이정근 씨는 보다시피 사회 공포증을 가지고 있고, 분노 조절도 잘할 수 없는 상태입니다. 이정근 씨는 이미 사망한 조용희 군을 때렸습니다. 하지만 마음이 약한 이정근 씨는 얼굴이 아닌 가슴을 때렸습니다. 부검 결과, 가슴에 닿은 충격량은 미약한 걸로 판별되었습니다. 여기까지가 이 사건의 진실입니다."

가장 크게 소리를 지른 것은 사망한 조용희의 엄마였다.

그녀는 울부짖으며 법정을 향해 달려왔다.

"네가! 네가! 우리 용희를 죽였어!"

사람들이 막아도 소용없었다.

그리고 방청하고 있던 불량 학생들 역시 새파랗게 질린 얼굴로 재판장을 바라볼 뿐이었다.

판사가 아무리 조용히 하라고 외쳐도 이미 상황은 걷잡을 수 없었다.

결국 판사는 힘없는 목소리로 변호인 측과 검사 측을 보며 입을 열었다.

"이상으로 공판을 마치겠습니다. 최공 공판은 일주일 후 11시에 하도록 하죠."

박승환이 앞으로 걸어와 아직 앉아 있는 김성용의 어깨를 잡았다.

"넌 나하고 해야 할 이야기가 있지?"

"……."

김성용의 얼굴에 처음의 당돌함은 없었다.

이제 감옥에 가야 하는 공포에 쌓인 죄인의 모습이었다.

박승환이 희우를 바라봤다.

"최종 공판은 취소할 거니까 만날 일 없었으면 좋겠다."

희우가 어깨를 으쓱해 보였다. 그리고 슬쩍 김성용을 보며 말을 이었다.

"CCTV에 나와 있는 놈들 다 잡아서 조사해야 할 거야. 고생 좀 하겠네."

"고생은 무슨……."

박승환과의 대화는 딱 그뿐이었다.

그들은 더 이상 대화하지 않고 서로 몸을 돌렸다.

친하기는커녕 더 이야기를 이끌어 나갈 과거도 존재하지 않았다.

그리고 불량 학생들에 대한 처우는 걱정할 것도 없었다.

상대 검사가 악질 박승환인 이상 학생들이 쉽게 빠져나오기는 어려우니까.

희우가 법정 앞으로 나가자 왜바지를 입은 할머니가 앞에 서 있었다.

눈이 마주친 두 사람.

할머니가 조심스레 희우의 앞으로 걸어왔다.

"감사합니다."

허리를 굽혀 희우에게 감사의 인사를 전하는 할머니.

희우는 할머니가 누구인지 알 수 없었다.

할머니가 누구인지 알려 준 것은 옆에 서 있는 강민석 변호사였다.

"이정근 씨 어머니셔."

"아, 네."

희우는 할머니를 보고 다시 한 번 허리를 숙였다.

장애인 아들이 있기에 한 평생을 고민만 하던 그녀는 아들이 살인 사건의 용의자가 되었다는 말에 몇날 며칠을 뜬눈으로 지새웠다고 했다.

할머니는 다가와 희우의 손을 꼭 잡았다.

"정말 감사합니다. 정말 감사합니다. 우리 아들이 그럴 리 없었어요. 장애가 있어서 그렇지, 착한 아이니까요. 정말 감사합니다."

할머니가 희우에게 할 수 있는 말은 감사하다는 말이 전부였다.

희우가 할머니와 인사를 마치고 밖으로 나가자 기자들이 몰려왔다.

"김희우 변호사님, 앞으로 계속 변호사로 활동하실 건가요?"

"이번 사건에 대해 언제부터 준비하셨습니까?"

희우는 기자들에게 멋쩍은 미소를 보이며 고개를 숙였다.

아무래도 기자들에게 둘러싸여 있는 게 편하지는 않았다.

희우를 구해 준 것은 강민석 변호사였다.

그가 기자들의 앞에 나서며 입을 열었다.

"김희우 전 의원의 첫 사건이니 궁금한 것이 많다고 생각합니다. 조만간 기자회견 자리를 마련하겠으니 기다려 주십시오. 지금은 밥을 먹어야 할 것 같아서요."

기자들도 사람이었다. 강민석 변호사가 사람 좋은 미소로 말하는데 끝까지 따라붙을 수는 없었다.

희우는 강민석 변호사의 차량에 올라탔다.

강민석 변호사가 운전을 했고 조수석에는 희우가, 바로 뒤에는 김지임 비서가 자리했다.

강민석 변호사가 운전을 하며 입을 열었다.

"사무실 안 들르고 집에 들어갈 거지?"

"네."

"오랜만에 승리한 소감은?"

"법정의 냄새는 똑같네요."

"법은 누구에게나 평등하다. 법의 잣대로 엄중히 하여 억울한 사람을 돕는다. 매력 있지 않아?"

"……"

"나쁜 놈을 잡는 것도 재밌지만 그 반대로 억울한 사람을 돕는 것도 재밌어."

희우가 어색하게 웃었다.

"그래서 지금 말씀의 요지는 무엇인가요?"

"이 사건 끝나고 네가 도망갈 것 같으니까 하는 말이지. 하하하."

희우가 어깨를 으쓱해 보였다.

"당분간은 도망 안 가요. 걱정하지 마세요."

"사건을 많이 주지는 않고 하나 또는 두 개만 넘길게. 지금 조금 안타까운 사연을 가진 사람이 있거든, 들어 보기만 해 봐. 어떤 여자분이 있는데……."

강민석 변호사는 희우가 이번 사건만 하고 그만할 것 같아 불안했는지 계속 이야기를 이어 갔다.

그렇게 희우는 집에 도착했다.

집에서는 희우가 올 시간에 맞춰 아내가 식사를 준비해 뒀다.

아내가 물었다.

"강민석 변호사님하고 비서님도 같이 온다고 하지 않았어?"

"어, 두 분은 일이 있다고 먼저 가셨네."

희우는 식탁에 앉아 돼지고기가 들어간 김치찌개를 한 수저 떠서 밥에 슥슥 비벼 먹었다.

그런 희우를 아내는 가만히 보고 있었다.

희우가 식사를 다 하고 나자 그녀가 입을 열었다.

"오랜만에 일하니까 어때?"

그녀는 희우에게 이겼느냐 졌느냐, 재판은 어떻게 되었느냐는 등은 단 하나도 묻지 않았다.

희우의 기분에 대해 물어볼 뿐이었다.

아내의 말을 들은 희우가 물을 마신 후 입을 열었다.

"딱히 누구를 변호하고 이런 건 성격에 맞지 않는데 그래도 법정에 서니까 기분은 좋더라."

아내는 고개를 끄덕였다.

"난 여보가 좋아하는 걸 하면서 살았으면 좋겠어."

그날 밤.

현재 국회의 중심에 다가서고 있는 진규학 의원.

그는 전통 찻집에 홀로 앉아 차를 마시고 있었다.

김이 모락모락 나는 찻잔을 바라보며 진규학 의원은 조용히 미소 지었다. 한가롭고 한가로운, 하지만 몰아닥칠 태풍을 바라보는 것만 같았다.

그때 미닫이문이 드르르륵 열리며 서울시 의원인 김후언 의원이 들어왔다.

"의원님, 살려 주십시오. 우리 아들 좀 살려 주십시오."

김후언 의원이 머리를 숙이고 꿇어앉았지만 진규학 의원은 여전히 태평했다.

"의원님! 제 아들이 억울한 누명을 썼습니다. 그 착한 녀석이 사람을 죽였다니요!"

김후언 의원의 목소리가 다시 울렸다.

그 목소리가 컸을까? 진규학 의원의 눈이 그를 응시했다.

김후언 의원은 자신도 모르게 큰 소리를 냈다는 것을 깨달

았는지 입을 막았다가 다시 고개를 숙였다.

"죄송합니다."

진규학 의원이 가만히 김후언을 바라보다가 못마땅한 듯 입을 열었다.

"지금 살아야겠다고 발버둥을 쳐야 하는 건 아드님이 아니라 의원님 아니십니까?"

"네? 제가요?"

김후언이 눈을 껌뻑거렸다.

"아드님이야 죄가 들켰으니 벌을 받아야 할 게 당연하지 않나요? 그런데 김후언 의원님은요? 아들이 못났다는 죄로 국민에 의해 지금 있는 자리에서 끌려 내려올 수 있다는 사실을 생각하지 않았습니까?"

"······!"

땅에 이마를 대고 있는 김후언 의원의 눈이 떨려 왔다.

아들 일로 정신이 없어서 생각을 못 했을 뿐, 지금 그의 자리도 위태했다. 자식이 잘못하면 부모가 욕먹는 것은 당연하니까.

김후언 의원이 더듬거리며 입을 열었다.

"제가 어떻게 해야 할까요?"

진규학 의원이 조용히 미소 지으며 말을 이었다.

"자식이 잘못했으니 사형시켜야 한다고 부르짖으세요."

"네? 사형요?"

사형이란 말에 놀라서 되묻는 김후언 의원을 보며 진규학

이 못마땅한 듯 말을 이었다.

"우리나라에 사형 제도는 멈춘 지 오래입니다. 그 정도로 엄격한 아버지의 모습을 보여야 국민들이 의원님을 따를 것입니다. 어차피 민중은 보이는 것만 보는 새대가리니까요."

"……."

"그리고 바람이 지나고 좀 잔잔해지면 그때 아들을 꺼내 주면 되지 않겠습니까?"

"……알겠습니다."

"몇 달 지나면 아무도 기억 못 할 겁니다."

김후언 의원이 고개를 끄덕였다.

"그래도 자식에게 사형하라고 말하는 건……."

"그럼 김후언 의원님이 자리를 포기하시든가요."

김후언이 의원은 방금 전까지 끄덕이던 고개를 거칠게 저었다. 그리고 입을 열었다.

"아닙니다. 그렇게 하겠습니다."

자신이 살고자 아들을 버리려는 아버지 김후언.

그를 보며 진규학 의원은 다시 조용히 미소 지었다.

다음 날.

김성용과 그 일당은 바로 구속되어 조사받게 되었다.

언론은 다른 불량 학생들은 신경 쓰지 않고 오로지 김성용을 집중 조명했다.

그도 그럴 수밖에 없는 게, 김성용은 시의원인 아버지를 두었다. 거기에 전교 1등의 타이틀을 가지고 있었다.

그리고 학교 선생님들은 김성용이 그럴 줄은 몰랐다는 식으로 발뺌했다.

김성용에 대한 이야기는 언론은 물론이고 인터넷의 각 게시판도 들끓었다. 해당 고등학교 학생들이 학교에서 일어난 일을 적나라하게 적으며 인터넷을 통해 세상에 알리고 있었다.

그 덕분에 감춰졌던 이야기까지 세간에 드러나며 김성용이 빠져나올 구멍은 보이지 않게 되었다.

그 시각, 희우는 홀로 집에 앉아 있었다.

리모컨을 들어 텔레비전의 전원 버튼을 누르자 화면 속에서는 김성용의 아버지 김후언 의원이 기자들의 앞에 서 있었다.

김후언 의원이 참혹한 표정으로 입을 열었다.

-모두가 제 불찰입니다. 자식새끼 하나 제대로 간수하지 못한 제 잘못입니다. 제 자식이지만 저런 나쁜 놈은 사형을 시켜야 한다고 생각합니다.

-……!

사형이라는 말에 기자들은 모두 놀랐다.

뜬금없는 말.

하지만 그 단어 자체가 강렬했다.

의원의 자식이지만 똑같이 처벌받기를 원한다는 강력한 메시지였다.

김후언 의원이 말을 이었다.

"제가 부도덕한 일입니다. 국민 여러분이 제게 사임하라는 말씀을 하시는 것도 귀와 눈이 있는 이상 알고 있습니다. 하지만 저 김후언은 그렇게 하지 않겠습니다. 더 열심히 일하고 봉사하여 자식이 지은 죄 이상으로 보답하겠습니다."

텔레비전으로 생방송되고 있던 김후언 의원의 인터뷰.

희우는 웃기 시작했다.

"기다렸다가 세상이 조용해지면 꺼내 주려고? 그런데 어쩌냐? 난 그 속셈이 뻔히 보이는데."

희우는 화면 속 김후언 의원을 노려보며 조용히 말을 이었다.

"아무것도 기대하지 마."

김후언 의원의 고개가 더욱 아래로 내려갔다.

희우는 소파 앞 테이블을 두 손으로 짚고 자리에서 일어섰다.

"당신의 아들은 지은 죗값을 받아야 해."

김후언 의원은 손수건을 꺼내 눈물을 닦고 있었다.

정치인의 눈물에 기자들의 카메라 플래시가 더욱 터져 올랐다.

그리고 김후언 의원은 기자들을 향해 고개를 숙이고 인터뷰 장소에서 걸음을 옮겨 자리를 떠났다.

김후언 의원이 밖으로 나오자 서 있던 수행 비서에 의해 검은색 차량의 뒷문이 열렸다.

　차량이 미끄러지듯 장소를 벗어나자 김후언 의원은 답답하다는 듯 신경질적으로 넥타이를 손으로 잡아 풀었다.

　그리고 조용히 중얼거렸다.

　"천호령 회장님이 김희우를 눈엣가시로 여긴다고 하셨지?"

　김후언 의원의 말에 운전하던 비서가 입을 열었다.

　"네, 저도 그렇게 알고 있습니다."

　김후언 의원이 고개를 끄덕였다.

　"나도 이제 놈이 마음에 안 들어. 얌전히 변호사나 할 일이지, 우리 아들을 건드려?"

　김후언 의원의 눈이 창밖으로 향했다. 서울의 시내에는 평일임에도 불구하고 많은 시민들이 오가고 있었다.

　그들을 바라보며 김후언 의원이 말을 이었다.

　"놈의 목을 가지고 가면 천호령 회장님이 아주 좋아하시겠어. 내가 진규학 의원님만 믿다가 회장님 한번 못 만나 보고 끝날 수도 있잖아?"

　비서가 핸들을 돌리며 룸미러를 통해 뒤에 앉아 있는 김후언 의원을 슬쩍 바라보며 입을 열었다.

　"어떻게 하실 생각입니까?"

　"새옹지마라고 하지 않았나? 이번 일을 기회로 만들어야지. 어찌 보면 천호령 회장님과 만날 수 있는 동아줄도 만들고 성용이도 꺼내 줄 수 있을 것 같아."

김후언 의원은 원래 삼겹살집을 하던 자영업자였다.

꽤 잘되던 가게. 그러나 돈을 벌고 나면 명예욕이 생긴다고 했다.

김후언 의원은 시민 단체 활동, 봉사활동 등을 하며 공천을 받아 시의원까지 기어올라 왔다.

그러나 그의 꿈은 여기가 끝이 아니었다.

중앙정부로 진출하여 더 많은 권력과 명예를 얻고 싶었다.

여의도에 입성하기 위해서는 학벌은 기본이고 그 외로 뚜렷한 뭔가가 필요하다. 하지만 자영업자로 한평생을 살아온 그에게 그런 게 어디 있을까?

그래서 그는 진규학 의원의 손을 잡고 천호령 회장의 신임을 얻기 위해 노력하고 있었다. 천호령 회장의 눈에만 든다면 정계에서 공천을 받는 것은 일도 아니라고 생각했다.

수행 비서가 다시 입을 열었다.

"그런데 김희우 변호사면 꽤 세지 않을까요?"

수행 비서의 말에는 시의원이 건들 상대는 아닌 것 같다는 뜻이 깔려 있었다.

김후언 의원이 고개를 저었다.

"그래 봤자 이빨 빠진 호랑이일 뿐이야. 이빨이 나간 호랑이는 고기도 씹기 어려워."

창밖을 바라보는 김후언 의원의 눈이 차갑게 가라앉았다.

Chapter 4

며칠 후.

희우는 법무 법인 KMS의 사무실에 앉아 서류를 검토하고 있었다. 강민석 변호사의 배려로 가벼운 공증을 처리하며 수임하고 싶은 사건을 찾는 중이었다.

다른 변호사라면 던져 주는 사건을 어떻게든 처리해야 했지만 고등학교 시절부터 희우를 봐 온 강민석 변호사였기에 그 성향을 알고 많은 배려를 해 주고 있었다.

그렇게 서류를 보고 있던 중 똑똑똑 노크 소리가 들렸다.

'네.'라고 대답하자 문이 열리고 김지임 비서가 안으로 들어왔다.

훤칠한 키를 가진 그녀는 시원하게 걸어와 희우의 앞에 섰다.

"변호사님께 사건 의뢰를 하고 싶다는 연락이 왔습니다."

"제게요?"

"네, 지난 사건을 신문으로 보셨나 봐요."

김지임은 그렇게 말하며 적어 온 메모지를 희우의 책상 위에 올렸다.

희우가 물끄러미 메모지를 보고 있자 김지임은 꾸벅 고개를 숙이고 문 밖으로 나갔다.

변호사가 언론을 통해 알려지면 평소의 사건보다 더 많은 의뢰가 들어오기도 한다. 아무래도 '유명한 사람이 실력도 좋겠지.'라는 생각 때문이었다.

희우는 메모장을 손에 들고 눈앞으로 올려 바라봤다.

"강간 혐의를 받고 있는데 자신은 무고하다고?"

성범죄의 경우 피해를 입은 여성의 진술이 주요한 증거가 된다.

아직 CCTV가 없는 곳도 많고 시간이 지났다면 직접적인 증거를 찾기도 어렵기에 여성의 진술이 일관적이고 신빙성이 있다면 유죄로 인정될 수도 있었다.

바꿔 말하면 남성의 경우에는 무고하다 해도 피해자 측에서 작정하고 달려들면 빠져나오기 어렵다는 말이 된다.

희우는 메모장을 까딱까딱 움직이며 생각에 빠졌다. 그리고 고개를 끄덕였다.

일단 만나 보는 것이다.

희우는 전화를 들어 밖에 있는 김지임 비서에게 연락했다.

"만나 보도록 할게요. 연락 주세요."

─네, 알겠습니다.

전화가 끊기고 잠시 후, 바로 똑똑똑 노크 소리와 함께 김지임이 안으로 들어왔다.

"전화했습니다. 로펌으로 오기 어렵다고 다른 장소에서 보기를 원합니다."

"다른 장소요?"

"네."

김지임은 희우의 앞으로 걸어와 다시 책상 위에 메모장을 두었다.

"북한산 아래 한정식집요?"

"네."

희우는 잠시 생각에 빠졌다.

의뢰인이 로펌을 찾아오지 않고 밖에서 만나자고 하는 이유는 거의 한 가지다.

바로 유명인일 경우.

희우는 고개를 끄덕였다.

"네, 약속 시간 잡아서 말씀해 주세요."

"알겠습니다."

김지임이 나간 후 희우는 컴퓨터를 보며 인터넷에 접속하여 '성폭행'이라는 글씨를 친 후 엔터를 눌렀다.

희우는 해당 기사를 클릭하여 주르륵 내용을 읽었다.

그리고 그의 입가에 미소가 걸렸다.

연예인에 대해 큰 관심이 없었지만 정지석이라는 이름은 알고 있었다.

희우는 눈으로 이전의 삶을 훑었다.

김후언 의원은 시의원 시절, 연예계와 연줄을 만들기 위해 참 애를 썼다. 아무래도 정치인에게 연예인이란 존재는 필요한 장기 말과 같으니까.

어쨌든 김후언 의원이 처음 연예계를 잠식하려고 할 때 내쳤던 사람이 바로 정지석이었다.

희우가 기사를 보고 있을 때 다시 문이 열리고 김지임이 들어왔다.

"오늘 밤 7시가 어떠신지 물어봤습니다."

희우가 고개를 끄덕였다.

"네, 좋습니다."

김지임이 물었다.

"저도 함께 갈까요?"

"아니요. 갈 필요 있나요? 먼저 퇴근하세요."

"네."

순간적으로 김지임 비서의 눈에 아쉬움의 빛이 떠올랐지

만 금세 사라졌다.

그녀는 희우에게 가볍게 고개를 숙여 예를 표한 후 방을 벗어났다.

희우는 고개를 돌려 시간을 확인했다.

지금 출발하면 그나마 여유 있게 도착할 수 있을 것 같았다.

주차장으로 가서 차량에 올라탄 희우는 시동을 걸기 전 핸드폰을 들어 아내에게 전화를 걸었다.

"나 오늘 밥 먹고 들어갈 거야."

-알았어. 열심히 하고 와요.

잠시 후,. 희우는 북한산 줄기에 있는 한정식집 앞에 도착했다. 7시가 되었지만 해가 길어져 아직 어둑한 날씨는 아니었다.

희우는 차에서 내려 주변을 둘러봤다.

한옥이 한 채씩 지어져 각각 따로 식사할 수 있는 한정식집이었다.

희우가 앞으로 걸어가자 누군가 그의 옆으로 섰다.

"안녕하세요? 기다리고 있었습니다."

희우가 시선을 돌려 인사를 한 사람을 바라봤지만 처음 보는 사내였다.

사내가 희우에게 입을 열었다.

"김지상이라고 합니다."

김지상은 다시 한 번 희우에게 꾸벅 인사한 후 말을 이었다.

"의뢰인은 자리를 잡고 기다리고 있습니다. 이쪽으로 오십시오."

희우는 그를 따라 한정식집의 한 독채로 들어갔다.

미닫이문이 열리자 안에는 선글라스에 모자를 쓰고 있는 남자가 앉아 있었다.

희우가 김지상을 슬쩍 바라봤다.

하지만 김지상은 안에 들어갈 마음이 없는지 희우에게 어서 들어가라고 손짓했다.

희우가 한 발 움직여 안으로 들어가자 드르륵 문이 닫혔다.

두 사람만 있는 공간은 적막했다.

희우는 아직 앉지 않고 모자를 쓴 남자.

남자는 변호사가 들어왔지만 자신의 모습을 숨기고 싶어 했다.

그런 남자를 보며 희우는 입을 열었다.

"정지석 씨인가요?"

그 말에 남자는 큰 한숨을 내쉬며 고개를 끄덕였다.

"네, 맞습니다."

희우가 그의 앞에 앉아 입을 열었다.

"바로 사건 이야기를 하죠. 무고하시다고요?"

"네, 전 정말……."

희우의 눈이 정지석을 바라봤다. 그리고 고개를 저으며 입을 열었다.

"선글라스를 벗어 주시죠."

"네?"

"모자도."

선글라스를 쓰고 있으면 눈동자를 볼 수 없어 상대가 거짓을 이야기하는지 어떤 가늠도 할 수 없었다.

정지석은 희우의 말에 어색하게 웃으며 모자와 선글라스를 벗었다.

"하하, 제게 선글라스를 벗으라고 하시는 분은 처음 봤네요."

정지석은 톱스타 배우였다.

잘생긴 외모에 훤칠한 키. 완벽한 연기력은 꽤 많은 인기를 얻게 해 줬다. 거기에 신비주의까지.

그런 그에게 선글라스를 벗어라 써라 하는 사람이 없는 것은 당연했다.

하지만 희우는 그가 톱 배우인지 아닌지는 관심조차 없었다. 오로지 거짓을 말하는지 아니면 진실로 무죄인지가 중요할 뿐이었다.

이 사건이 김후언 의원과 관계되어 있다는 것은 알고 있었다. 하지만 관계가 되어 있어도 파고들어 정지석에게 도움을 주는 것은 어디까지나 그가 죄가 없을 때에야 가능했다.

희우가 대수롭지 않게 입을 열었다.

"뭐, 대화는 눈을 보고 해야 하니까요."

정지석은 작게 한숨을 내쉬며 입을 열었다.

"기사 보셨죠?"

"네, 방금 확인하고 왔습니다."

"사실이 아닙니다."

정지석이 입을 열기 시작했다.

그의 이야기에 따르면 해당 여성은 팬일 뿐이었다.

단지 조금 심한 극성 팬이라는 말을 했다.

촬영 장소는 물론, 집까지 따라다니던 그녀.

그게 하루 이틀이라면 그러려니 하겠는데 벌써 몇 달째 그렇게 되었다고 한다.

이야기를 듣던 희우가 물었다.

"그래서요?"

"제발 그만 따라오라고 부탁했죠."

하지만 그녀는 말을 듣지 않았다고 했다.

그러자 정지석은 결국 매니저 김지상을 통해 협박을 하기에 이르렀다.

희우가 고개를 갸웃거리며 입을 열었다.

"경찰을 부르지 그러셨어요?"

정지석이 고개를 저었다.

"강남 경찰서에 가면 기자들이 상주하고 있어요. 그런데 제가 경찰을 부르면 무슨 일이 일어나겠어요?"

팬들을 진정으로 위한다는 이미지메이킹을 한 배우다. 팬과의 사건이 터지고 경찰까지 나서게 되었다는 말이 수면 위로 오른다면 지금 있는 위상이 흔들릴 수도 있다고 생각했다.

정상에 서 있는 사람은 작은 바람에도 흔들려 굴러떨어질 수 있으니까.

희우의 눈이 정지석을 바라보며 계속 이야기하라고 종용했다.

정지석은 목이 타는지 물을 마신 후 말을 이었다.

"매니저가 협박해도 그 여자는 포기하지 않았어요. 아니, 상황은 심각해졌죠. 더 은밀하게 저를 쫓아다니기 시작했거든요."

그래서 사건이 일어난 것이 정지석이 드라마 종영 파티를 한 날이었다.

매니저는 아버지가 쓰러졌다는 말에 먼저 자리를 떴지만 정지석은 그날 스텝들과 꽤 많은 술을 마셨다고 했다.

정신을 차릴 수 없을 정도로 술을 마신 그.

그렇게 집으로 돌아와 잠이 들었는데…….

정지석의 입에서 무거운 한숨이 흘렀다.

"그리고 며칠 후에 기사가 났어요. 제가 그날, 그 여자를 집으로 끌고 와 성폭행했다고요. 그건 사실이 아니에요."

희우가 계속 정지석을 바라봤다. 그가 말을 이었다.

"아마 그 여자는 저를 지켜보고 있었을 겁니다. 제가 술을 많이 마시면 기억을 못하는 걸 노리고 움직였어요."

희우는 그저 그의 말을 들으며 고개를 끄덕일 뿐이었다.

정지석이 말을 이었다.

"정말 아무 일도 없었습니다. 전 집에 와서 옷도 벗지 않고 잠이 들었으니까요."

희우가 입을 열었다.

"집에 들어온 시간은요?"

"새벽 5시요."

"아파트 살죠?"

"네."

"현관이나 엘리베이터 CCTV는요?"

정지석이 머리를 강하게 쥐어뜯었다.

"그게, 미치겠어요. 제가 그 여자와 어깨동무하고 있었거든요."

희우는 고개를 끄덕이며 다시 물었다.

"그 여성분이 나간 것은 몇 시인가요?"

"오전 9시요."

그 여자는 네 시간 동안 정지석의 집에 있었다.

여자가 당일이 아닌 며칠이 지난 후에 신고했기에 여성의 몸에서는 DNA가 검출되지 않았다.

하지만 정지석의 주장에 따르면 그는 옷도 벗지 않고 잠에 들었다고 했다.

여기까지는 그의 주장.

희우는 가만히 생각에 빠져들었다.

증거가 없는 성폭행 사건은 모두 여자가 일관적인 증언을 하는지에 따라 죄의 유무가 결정된다.

물론 여자도 취해 있었다는 발언을 한다면 일관적인 증언이 아니라고 하더라도 정지석이 빠져나오기는 어려운 일이었다.

희우의 손가락이 톡톡 테이블을 두들겼다.

그 소리와 함께 그는 더 깊은 생각에 빠져들었다.

지금 희우가 하고 있는 생각은 과연 그가 죄가 없이 김후언에 의해 모함당하고 있는지였다.

모함당하는 사람이라면 도와준다.

하지만 죄가 있는 사람을 무죄로 만들어 줄 수는 없다.

생각하던 희우가 고개를 들어 정지석을 바라봤다.

"늦어도 이틀 안에 사건을 맡을지 아닐지 연락드리겠습니다. 저도 누구의 말이 진실인지 조금 알아볼 시간이 필요하네요."

"전 정말 아무 일도 없었다니까요."

희우는 그의 말을 끝까지 듣지 않고 자리에서 일어나 정지석을 향해 가볍게 목례했다.

"그럼 연락드리겠습니다. 아, 혹시나 해서 말씀드리는데 경찰 수사는 얌전히 받으시고 언론을 통한 불필요한 발언은 자제해 주시길 바랍니다."

희우는 그렇게 미닫이문을 열고 밖으로 나갔다.

희우가 떠나자 정지석의 매니저 김지상이 안으로 들어왔다.

"뭐래?"

매니저 김지상의 말에 정지석은 굳은 표정으로 고개를 저었다.

"모르겠어. 자기가 알아보고 연락 준대."

"……."

"그런데 저 사람이면 사건 해결해 줄 수 있는 거야? 나 정말 억울하다고."

매니저 김지상이 고개를 끄덕였다.

"너도 알잖아, 김희우 의원이 얼마나 대단한지? 얼마 전에 장애인이 살인한 사건도 해결했대. 검찰에서 한두 번은 더 전관예우를 해 주지 않을까?"

매니저 김지상의 말에 정지석이 미간을 찌푸렸다.

"전관예우가 아니라 난 정말 억울하다고!"

"그래그래, 알아."

매니저 김지상은 조용히 정지석의 어깨를 토닥였다.

그날 밤.

11시가 넘어가는 늦은 시각이었다.

재즈 피아노 음악이 조용히 흘러나오는 바에 정지석의 매

어게인 마이라이프
SEASON2

니저 김지상이 들어섰다.

약속이 되어 있었는지 그는 바의 룸으로 향했다.

문을 열고 안으로 들어가자 김후언 서울시 의원이 앉아 있었다.

김지상이 상대를 향해 고개를 가볍게 숙였다.

"오래 기다리셨습니까?"

김후언 서울시 의원이 손을 휘저었다.

"아니야, 젊은 사람들이 바쁘지, 내가 바쁘겠나. 앞에 앉아요."

김지상은 김후언 의원의 앞에 앉았다.

꼴꼴꼴 비싼 양주가 매니저의 술잔에 담겼다.

김후언 의원이 입을 열었다.

"그래, 김희우 그놈이 사건을 맡는다고 합니까?"

김지상은 잔을 들고 좌측으로 몸을 돌려 입에 술을 털어 넣은 후에야 그의 질문에 답했다.

"조금 시간을 달라고 했습니다. 그런데 아마 맡지 않을까요? 수임 금액을 어마어마하게 책정해 놨으니까요."

김후언 의원이 잔인한 미소를 지으며 고개를 끄덕였다.

"그렇겠지. 돈은 귀신도 부린다고 했으니까."

매니저 김지상이 말을 이었다.

"그런데…… 그때 약속하신 일은 어떻게 되고 있나요?"

"걱정 마세요. 이번 일이 끝나면 제왕 그룹에서 그쪽 기획사 뒤를 봐줄 겁니다. 잘 알고 있죠? 제 뒤에는 진규학 의원님이 계시고 의원님의 뒤에는 제왕 그룹이 있다는 거요."

매니저가 고개를 끄덕이자 김후언 의원이 말을 이었다.

"나도 이번 일이 끝나면 여름에 있을 보궐선거에 나갈 생각입니다. 중앙 정계로 진출해야죠."

"……."

"아시겠지만 저는 중앙 정계로 진출하기 위해서 제 아들을 버렸습니다."

거짓말이었다. 김후언 의원은 아들을 버릴 생각이 전혀 없었다. 그저 사건이 잠잠해지기를 기다릴 뿐이었다.

하지만 지금 앞에 있는 매니저를 꼬드기기 위해서는 자신의 아들 김성용을 파는 게 최고라는 것도 잘 알고 있었다.

김후언 의원이 말을 이었다.

"그쪽 기획사도 이제 일류에 올라서야 하지 않겠습니까?"

"……!"

"살다 보니 그래요. 가장 아끼는 걸 버렸을 때 더 높이 올라갈 수 있더라고요."

김후언 의원의 말은 매니저에게 정지석을 버리라는 말이었다. 그런데 매니저 김지상은 그 말에 고개를 끄덕이고 있었다.

정지석은 원래 큰 기획사의 소속 배우였다. 하지만 계약 기간이 끝나고 지금의 김지상과 새로운 회사를 차렸다.

어게인
마이라이프
SEASON 2

처음에는 조촐히 정지석만으로 시작한 기획사는 이제 배우들도, 가수들도, 예능인들도 꽤 많은 자리를 차지하고 있었다. 하지만 대형 기획사에 비해서는 언제나 뒤처지기 마련이었다.

김지상은 그게 자금줄 때문이라고 여겼다.

대형 기획사를 만들고 싶어 한 김지상은 방송 출연이 좌초될 때마다 자금줄에 대한 갈증이 커지고 있었다.

그때 손을 내민 게 김후언 의원이었다.

바로 제왕 그룹이 뒤를 봐주게 만들어 주겠다는 말.

김지상은 많이 고민했지만 결국 자신의 성공을 위해 정지석을 버리기로 마음먹었다.

그래서 스토커 같은 여자를 이용했다.

정지석이 꽤 많은 술을 마시던 날, 매니저 김지상은 아버지가 아프다는 이야기를 하고 자리를 떠났었다.

하지만 김지상이 만나러 간 사람은 아버지가 아니라 스토커 같은 여성이었다.

그 여성을 이용해서 정지석을 함정에 몰아넣는다.

여기까지가 김후언 의원이 부탁한 일이었다.

김후언 의원이 슬쩍 웃으며 다시 매니저의 잔에 술을 채웠다.

"하나 궁금한 게 있는데……."

매니저가 공손히 잔을 들어 술을 받으며 고개를 숙였다.

"말씀하십시오."

"정지석이 그 여자랑 잤나, 안 잤나?"

"네? 안 잤습니다. 만약 잤다면 협박용으로 쓰기 위해 몰래 카메라를 틀어 뒀었는데 지석이는 그냥 술에 취해 잠들었습니다."

김후언 의원이 아쉬운 듯 고개를 저었다.

"에잉, 재미없구만."

매니저가 김후언 의원의 잔에 술을 채우며 물었다.

"그런데 김희우가 사건을 맡으면 어떻게 하실 생각입니까?"

김후언 의원의 입가에 잔인한 미소가 걸렸다.

"돈만 밝히는 파렴치한 전 국회의원 출신 변호사로 몰아가야지. 돈이라면 강간범도 변호해 주는 악질 변호사. 딱 어울리지 않나? 세상에 고개를 들고 다닐 수 없게 만들 걸세."

김후언 의원의 기분 나쁜 웃음소리가 작은 룸을 채워 나갔다.

김지상은 김희우가 어떻게 되든 관심 없었다. 그는 그저 자신의 사업이 잘되기만 바랄 뿐이었다.

그리고 김후언 의원.

그는 김희우를 이슈화시켜 아들 김성용에 대한 세간의 관심을 옮길 생각을 하고 있었다. 관심만 옮겨진다면 진규학 의원을 통해 아들을 빼내는 것은 일도 아니라고 생각했으니까.

각자 다른 목적을 가진 두 사람.

김후언 의원이 매니저 김지상을 향해 잔을 들어 올렸다.

"한잔하지. 계획의 성공을 위하여."

어게인
마이라이프
SEASON2

"네, 성공을 위하여."

양주가 가득 찬 두 잔이 허공에서 맞부딪쳤다.

～☜ ☞～

다음 날.

희우는 변호사 사무실로 출근해 자신의 방으로 향했다.

먼저 출근한 김지임 비서가 희우를 보고 고개를 숙이며 말했다.

"강민석 변호사님께서 찾으십니다."

"강민석 변호사님이요?"

"네, 출근하시면 방으로 좀 와 달라는 말씀을 하셨습니다."

"네, 감사합니다."

희우는 김지임 비서에게 가볍게 고개를 숙이고 방으로 들어가 가방을 내려 뒀다. 그리고 바로 강민석 변호사의 방으로 향했다.

강민석 변호사가 법무 법인 KMS의 대표라고 하지만 그의 사무실은 단출했고 작았다. 낡은 소파만 중앙에 보일 뿐이었다.

희우가 사무실 안으로 들어가자 책상 위에 앉아 있던 강민석 변호사가 자리에서 일어나 손으로 소파를 가리켰다.

강민석 변호사가 입을 열었다.

"어제 의뢰인 만나고 왔다며? 혹시 정지석이야?"

"네. 정지석 맞아요."

희우는 말을 하며 소파에 앉았다.

강민석 변호사가 맞은편에 앉으며 물었다.

"보고받기로 꽤 많은 수임료를 제시했다는데? 할 거야?"

희우가 고개를 저었다.

"조금 알아보고요. 아직 확실한 게 하나도 없어서 주변을 좀 살펴볼 생각입니다."

강민석 변호사는 진중한 표정으로 희우를 보며 말했다.

"정지석 사건 담당 검사가 윤수련이라는 여자 검사야. 강간 사건에 여검사가 앉으면 얼마나 날이 서는지 알지?"

희우가 슬쩍 웃었다.

윤수련이라는 검사, 희우는 알고 있었다.

이전의 삶에서 희우의 연수원 동기였다.

그리고 희우가 이번 사건을 맡아야 하는 이유가 되기도 했다.

희우가 강민석 변호사에게 입을 열었다.

"전 검사가 누구든 상관없어요. 제 의뢰인이 죄가 있는지 없는지만 알면 돼요."

"수임료도 꽤 많아. 묻지도 않고 성공 보수로 5억을 주겠다는 말을 했어. 이게 언론에 알려지면 앞으로 네 이미지에 얼마나 타격이 갈지 알고 있어?"

성폭행의 경우 변호사 선임료가 약 500만 원에서 2천만 원 정도까지가 일반적이다.

그런데 5억이라면 그 수준을 훨씬 상회하는 것.

강민석 변호사가 말을 이었다.

"정지석 측에서는 어떻게든 사건을 무마해서 이기고 싶은 마음에 그런 금액을 제시한 것 같은데, 우리 쪽에서는 만약에 저런 선임료를 받았다는 게 언론에 들어가면 큰 문제가 될 수도 있어."

"고민 좀 해 보겠습니다."

희우는 강민석 변호사와의 대화를 마치고 자신의 사무실로 들어왔다. 그리고 책상에 앉아 정지석의 자료를 확인하기 시작했다.

팔락.

종이가 넘어가는 소리만 조용히 들렸다.

서류를 보던 희우의 입꼬리가 천천히 올라갔다.

그가 중얼거렸다.

"5억이라고?"

희우는 고개를 저으며 의자에 등을 기대 천장을 바라봤다.

일반 선임료를 훨씬 상회하는 금액은 아무리 상대가 톱 배우라고 해도 말이 안 되는 일이었다.

이건 대놓고 미끼라고 광고하는 것과 같았다.

어떤 놈이 이런 계약을 짰는지 정말 멍청한 놈이라는 생각이 들었다.

"5억?"

희우가 피식 웃으며 고개를 저었다.

"내가 그렇게 약해 보이나? 5억이 뭐야? 5억이?"

일반 사람들에게는 엄청나게 큰 금액이겠지만 그 돈을 받을 사람은 다름 아닌 김희우다.

한때는 정재계를 흔들며 상상할 수 없는 돈을 손아귀에 쥐었던 사람.

그런 사람을 5억으로 낚으려 한다니…….

희우는 생각에 빠졌다.

그리고 그의 눈앞에 정지석의 모습이 떠올랐다.

그는 배우.

연기자.

하지만 극한 상황에 몰려 있는 사람이기도 했다.

극한에 몰리면 눈에 진심이 묻어나기 마련.

희우는 그의 눈에서 거짓을 보지는 못했다.

조금 더 확인해 봐야 할 일이었지만 지금 희우는 그가 진실을 말하고 있다고 느껴졌다.

그럼 5억이라는 미끼와 정지석의 관계는 어떻게 연관되어지는 것인가? 희우의 생각은 그쪽을 향해 움직여 갔다.

일단 사건의 정황을 보면 드라마 종영 파티.

매니저가 아버지의 병환을 이유로 먼저 자리에서 일어섰다. 그리고 밤새 많은 술을 마셨다.

평소 술을 즐긴다고 말했으니 여기까지는 특별한 게…….

희우의 손가락이 톡톡 책상을 두들기기 시작했다.

"평소에는 끝까지 자리에 남아 뒤를 봐주던 매니저가 그날 갑자기 일이 생겼다. 그리고 스토커가 기다렸다는 듯 정지석의 옆에 붙었다."

희우는 전화기를 들었다.

그의 전화가 향하는 곳은 상만이었다.

-네, 사장님.

"배우 정지석 알지?"

-네? 갑자기 정지석은 왜요? 강간했다는 배우잖아요.

"그 사람 매니저에 대해서 조사 좀 해 봐."

-이제 연예계에 진출하려고 하시는 거군요? 역시 사장님은 미래를 보는 안목이 있습니다.

또 상만의 헛소리가 시작되려 했다. 이럴 때는 빨리 용건을 말하고 끊는 게 상책이었다.

"잘 알아보고 전화 줘. 아, 매니저의 아버지가 병환 중이라는데 그것부터 확인해 줘."

-넵! 알겠습니다! 주식 보유수나 자금력까지 싹 끌어 보겠습니다!

전화가 끊겼다.

희우는 다시 생각에 빠졌다.

그날의 시작은 매니저였다. 매니저가 빠지지 않았다면 이런 사건은 일어나지 않았을 테니까.

희우의 손가락이 톡톡톡 책상을 치기 시작했다.

다시 그의 생각은 수임료 5억으로 움직였다.

매니저가 희우를 향해 미끼를 던졌다.

그는 처음 본 사람, 만날 연관이 없는 사람이다.

그런 사람이 함정을 파 놓았다는 것은 또 다른 무엇인가가 있다는 뜻이다.

생각을 이어 가던 희우는 그만 어이없다는 듯 웃어 버리고 말았다.

"김후언 의원……."

희우는 이전의 삶을 떠올리기 시작했다.

지금의 사건과 이전에 일어났던 사건이 전혀 같지는 않았지만, 그렇다고 해서 전혀 다르지도 않을 것이다.

과거에 김후언은 연예계와 끈을 잡기 위해 정지석을 쳐 냈다.

자세한 일은 기억하지 못하지만 매니저와 손잡고 어찌했다는 것은 기억난다.

그리고 지금 정지석이 수임료 5억이라는 조건과 함께 희우의 앞에 나타났다.

희우의 입가에 짙은 미소가 끼었다.

더 이상 생각하지 않아도 알 수 있었다.

김후언 의원은 자식이 구속되었다는 것에 대한 보복을 하려는 중이었다.

희우가 낮게 중얼거렸다.

어게인
마이라이프
SEASON 2

"김후언, 난 당신을 잘 알고 있어."

희우의 생각이 더욱 깊어졌다.

김후언의 위에는 진규학 의원이 있고 그 한참 위로는 제왕 그룹의 천호령 회장이 있다.

이 사건에 진규학과 천호령이 끼어 있을까?

생각을 이어 가던 희우는 고개를 저었다.

천호령 회장은 물론이고 진규학 의원 역시 이렇게 어설픈 방법으로 자신을 옭아맬 생각을 하지 않았을 것이다.

진규학 의원이 초선이긴 해도 그는 제왕 그룹 계열사 중 한 곳의 사장이었다. 거기에 엄청난 재산과 인맥, 그리고 경험을 가진 사람.

희우는 낮은 목소리로 중얼거렸다.

"그럼 김후언 의원 혼자 결정하고 움직였다는 건데……."

희우는 생각하던 것을 멈췄다. 일단 사건의 무대가 된 곳을 전부 둘러보며 상황을 정리하기로 했다.

희우는 밖으로 나가기 위해 책상에서 일어나며 모자와 선글라스를 썼다. 아무래도 사람들이 알아보지 못하는 게 좋으니까.

그는 직접 발로 밟아 보고 당시의 느낌을 살리는 것이 사건 조사의 첫 번째라고 여겼다. 직접 밟아 보지 못하면 깊이 파고들 수 없다는 걸 그는 잘 알고 있었다.

차량의 시동을 걸고 도착한 곳은 일산의 고깃집이었다.

방송국 근처였고 많은 인원을 받을 수 있을 정도로 좌석이 많았기에 종방 파티를 많이 한다는 곳.

배우 정지석 역시 이곳에서 회식을 가졌다.

희우는 고깃집 앞에 서서 주변을 둘러봤다. CCTV가 있는지 확인하기 위함이었다.

고깃집 바로 앞에 있는 방범용 CCTV.

하지만 저기에 찍힌 당시의 화면은 정지석이 홀로 나왔다고 되어 있었다.

희우의 시선이 주변을 둘러봤다.

그가 지금 찾고 있는 것은 언제 어디서 그 여성과 동행했는지였다. 하지만 이 부근에 CCTV의 사각지대로 보일만한 곳은 없었다.

'그럼 주차장에서부터 함께 만났나?'

아파트 CCTV에서는 여성과 정지석이 함께 차에서 내려 엘리베이터를 타고 올라간 것이 확인되었다고 했다.

희우는 정지석이 차량을 세워 뒀다고 했던 곳으로 걸어갔다.

차량을 세워 둔 장소는 고깃집에서 멀지 않은 길가였다.

늦은 밤에는 주차 단속을 하지 않으니 마음 놓고 세워 뒀었다는 정직석의 증언을 기억하며 희우는 주변을 살폈다. CCTV는 보이지 않았다.

희우의 눈이 다시 걸어왔던 길을 바라봤다.

CCTV와 CCTV의 사각지대.

아마 여성은 이 부근에서 정지석을 기다렸을 것이다.

희우는 다시 생각에 빠졌다.

이 정도로 심각하게 스토킹을 한다면 멀리서 식사하는 모습까지 지켜볼 것이다.

고깃집의 벽은 밖에서도 어렵지 않게 안을 볼 수 있도록 전부 유리로 되어 있었다.

하지만 여성은 안을 볼 수 있는 위치에는 모습을 드러내지 않았다. 그 말은 여성이 처음부터 차를 주차해 둔 곳에서 기다렸다는 것.

주차해 둔 곳까지 알고 있다는 것은 처음부터 뒤쫓아 왔거나 누군가가 가르쳐 줬다는 뜻이다.

희우가 다음으로 이동한 곳은 정지석이 살고 있는 아파트였다.

일산에서 서울로 넘어가기 위해 차를 운전하는 희우. 그는 그러면서도 계속해서 당시 상황을 유추했다.

"대리 기사는 부르지 않았다고 했지?"

정지석은 정신을 차리지 못할 정도로 술을 마신 상황. 그러면 여자가 운전했다고 유추할 수 있다. 아파트에 마련된 CCTV에서도 여자가 운전석에서 내렸으니 거의 확실했다.

물론 몇몇의 의심되는 상황이 있기는 하지만 더 이상의 추론은 멈췄다.

희우는 정지석에게 전화를 걸었다.

"지금 아파트 주차장에 가 보려고 하는데, 혹시 집에 계시나요?"

—아, 변호사님. 네, 집에 있습니다.

"그럼 잠시 내려와 주실 수 있나요?"

—네, 당연히 내려가야죠.

정지석의 아파트는 서울의 고급 주상 복합 아파트였다.

지하 주차장으로 내려가는 길에는 차단 바가 설치되어 있었다. 희우는 안으로 들어가기 위해 운전석의 창문을 내리고 경비실에 앉아 있는 경비원을 향해 고개를 돌렸다.

"3012호 왔습니다."

경비원은 고개를 끄덕이며 입을 열었다.

"잠시만요. 누구시죠?"

"변호사입니다."

그러자 경비원은 어디론가 전화를 걸었다.

"3012호이신가요? 지금 변호사가 찾아왔는데요. 예정된 방문인가요?"

경비원은 일일이 확인하고서야 차단 바를 열어 줬다.

차단 바가 열렸지만 희우는 출발하지 않았다.

그는 다시 고개를 돌려 경비원에게 말했다.

"정지석 씨 사건 아시죠?"

"네? 아, 뭐, 알죠."

"당시 누가 근무하셨나요?"

경비원은 난감한 표정을 지었다. 하지만 이내 한숨을 쉬며 고개를 끄덕였다.

"제가 했습니다."

"운전을 누가 하고 있었죠?"

경비원이 다시 한숨을 내쉬었다. 그리고 입을 열었다.

"그…… 예쁘장하게 생긴 여자분이 했어요. 옆에 정지석 씨가 타고 있어서 더 묻지 않고 문을 열어 줬습니다."

희우는 고개를 끄덕였다.

"네, 감사합니다."

더 이상 물어볼 것은 없었다.

희우는 지하 주차장으로 내려가기 위해 자동차의 액셀러레이터를 살짝 밟았다.

미끄러지듯 내려가는 차량을 보며 경비원이 혀를 내둘렀다.

"김희우 의원이 저런 싼 차를 타고 다녀? 정말 아끼고 사네."

희우의 차도 나쁘지는 않지만 이 아파트에 살고 있는 사람들이 끌고 있는 슈퍼 카에 비하면 초라할 뿐이었다.

주차장에 차를 댄 희우는 밖으로 내렸다.

그가 잠시 주변을 살펴보고 있을 때, 정지석이 달려와 희우의 앞에 섰다.

"오래 기다리셨어요?"

정지석의 말에 희우는 바로 본론으로 넘어갔다.

"여성분이 차를 운전했다고 들었습니다. 아파트 어느 곳에 주차했나요?"

정지석이 한쪽을 가리키며 말했다.

"저쪽이에요."

주차해 둔 곳은 지하 주차장 CCTV의 바로 정면.

정지석이 나왔던 아파트 입구와는 거리가 조금 있었다.

희우가 그곳을 보며 정지석에게 물었다.

"밤에 주차 자리가 없나요?"

"네? 하하, 여기는 지정 주차라서요. 입주민은 자기 주차 자리가 항상 비워져 있어요. 제가 주차하는 곳은 저기입니다."

정지석이 평소 주차하는 곳은 여성이 차를 댄 곳과 반대편이었다. 그리고 정지석이 나온 아파트 현관의 바로 앞이기도 했다.

희우의 눈이 차가워졌다.

지정 자리를 찾는 것은 어렵지 않았다.

주차장의 위에 차량 번호가 적혀 있으니까.

그런데 여성은 그 자리를 찾아가지 않고 거리가 떨어져 있는 손님용 주차장에 주차했다. 그리고 취한 남자를 데리고 걸어갔다.

의심할 만한 점이 많이 보였다.

희우가 정지석에게 말했다.

"블랙박스 메모리 좀 주세요."

"블랙박스요?"

정지석은 더 생각하지 않고 자신의 차를 향해 달려갔다.

희우 역시 그의 뒤를 천천히 걸어 뒤쫓았다.

그러면서도 희우는 자신의 발걸음 수를 셌다.

차는 정지석의 말대로 현관 바로 앞에 세워져 있었다. 그리고 여성이 주차했던 자리와 이곳의 거리는 100미터 이상이었다.

희우는 슬쩍 정지석의 차량을 눈으로 훑었다.

정지석은 수억 원을 호가하는 고급 차량의 운전석을 열고 블랙박스를 만지작거리고 있었다.

희우가 물었다.

"매니저하고 관계는 어때요?"

"네? 데뷔했을 때부터 같이 있었거든요. 저번에 제가 원래 있던 회사에서 나올 때 함께 나오기도 했고요."

알고 있는 이야기다. 하지만 희우는 모른 척 계속 물었다.

"그래요? 그럼 지금 회사 대표가 누군가요?"

"대표는 매니저 형이고요. 지분은 저랑 나눴고요. 친형제 같은 사이죠."

희우가 고개를 끄덕이며 다시 물었다.

"이건 그냥 궁금해서 묻는 건데요. 보통 연예인들이 일하다 보면 매니저한테 짜증도 내고 그러나요?"

정지석이 메모리 카드를 꺼내 운전석에서 나오며 희우의 말에 답했다.

"잠을 잘 못 자고 그러니까요. 바쁠 때는 일주일 동안 쪽잠만 잘 때도 많아요. 그럴 때는 괜히 매니저에게 짜증을 내기도 하죠."

"정지석 씨도 짜증을 내나요?"

"저야 액션 신이 많은 배우잖아요. 액션 신은 주로 밤에 촬영을 많이 하니까, 자주 내겠죠? 그래도 매니저 형이 그런 거 잘 받아 줘서 고맙게 생각하고 있어요."

희우는 정지석이 액션 신이 많은 배우인지는 알지 못했다. 다만 지금 그가 매니저에게 짜증을 많이 낸다는 것을 머릿속에 기억했을 뿐이다.

희우가 정지석에게 말했다.

"차 한잔하죠."

"네, 알겠습니다. 어디서 할까요?"

"현장을 보고 싶으니 정지석 씨의 집이었으면 합니다."

희우는 정지석의 안내를 받아 그의 집으로 향했다.

엘리베이터에서 집까지, 고급 주상 복합 아파트답게 보완 시설은 철저했다.

그리고 집.

희우가 안으로 들어가자 정지석은 커피 머신 기계 앞에 섰다.

"드립 커피 괜찮으시죠?"

"네, 괜찮습니다."

희우는 대답하며 집 안을 둘러봤다.

집 안에서 자전거를 타고 돌아다녀도 될 만큼 넓은 집이었다.

평수로만 따진다면 실평수가 80평 가까이 될까?

희우가 거실 천장에 달린 샹들리에를 보며 물었다.

"그런데 운전은 스스로 하시나요?"

"보통은 매니저 형이 하죠."

"그날은 누가 했어요?"

"갈 때는 형이 했고, 올 때는…… 하하, 아시잖아요."

정지석은 커피를 내리며 대답했다.

희우는 다시 집을 둘러보며 입을 열었다.

"아침에 어디서 잠을 깨셨다고요?"

"변호사님 바로 앞에 있는 욕실요."

희우는 그가 가리킨 욕실 문을 열었다.

보통 아파트의 화장실은 변기와 욕조가 함께 있는 경우가 많았지만 정지석의 경우에는 씻는 공간만 있었다.

희우가 물었다.

"욕실이 또 있나요?"

"네, 제 방에 하나 더 있어요."

"방이 몇 개나 되죠?"

"여섯 개요. 그런데 잠자는 곳은 하나예요. 나머지는 옷장이나 취미 생활공간으로 만들어 둬서요."

"침대가 있는 방이 하나라는 건가요?"

"네."

"구경 좀 시켜 주시죠."

희우의 말에 정지석은 커피를 내리던 것을 멈추고 안내했다.

정지석은 타인에게 자신의 집을 보여 주는 것을 좋아하지 않았지만 상대는 자신을 살려 줄지도 모르는 변호사. 그는 다른 말 없이 앞서 걸어가며 방을 하나하나 열어 보여 줬다.

그의 말대로 옷으로 가득한 방, 홀로 영화를 볼 수 있는 방 등 하나같이 취미를 위한 공간들이었다.

그리고 그가 잠자는 공간은 현관에서 가장 멀리 떨어진 구석에 있었다.

집이 넓었기에 걸어오는 것만 해도 한참 걸릴 위치.

희우가 가지런히 정리된 정지석의 침대를 보며 고개를 끄덕였다.

"잘 봤습니다. 그럼 연락드리지요."

"네?"

갑자기 몸을 돌려 나가려는 희우를 보며 정지석이 다시 물었다.

"차는 안 드세요?"

"마신 걸로 하죠."

잠시 후, 희우는 변호사 사무실에 앉아 있었다.

그는 정지석의 블랙박스에서 빼낸 메모리를 컴퓨터에 연결하는 중이었다.

잠시 후, 컴퓨터 화면에는 당시의 모습이 비쳤다.

야간이었기에 블랙박스 화면은 밖을 시원하게 비춰 주지는 못했다. 하지만 오가는 사람들의 동선은 확인할 수 있었다.

그리고 새벽 2시.

한 여성이 택시에서 내리는 장면이 나타났다. 그리고 그 여성은 정지석의 차량을 확인한 후 그 자리에서 머물렀다.

조금의 시간이 더 지나고 정지석이 비틀거리며 올 때까지 그녀는 그 자리에서 기다리고 있었다.

정지석이 나타나자 그녀가 다가가 차 키를 건네받았다. 그리고 직접 운전하기 시작했다.

희우의 입에 슬쩍 미소가 맺혔다.

"내가 쓴 시나리오가 맞네."

택시를 타고 내린 여성. 차량의 위치를 어떻게 정확히 알고 거기서 내릴 수 있었을까? 운전한 사람이 가르쳐 주지 않으면 할 수 없는 일이었다.

그날의 운전은 매니저가 했다고 했다.

그리고 여성은 그 자리에서 기다리다가 대리 기사인 척하고 키를 건네받았을 것이다.

희우의 눈이 차가워졌다.

정황이 잡혔다고 해서 혐의를 벗을 수 있는 것은 아니다.

성범죄는 어디까지나 여성의 증언이 결정적인 역할을 하기에 확실한 증거를 가지고 상황을 뒤집어야 했다.

희우가 강민석 변호사에게 전화를 걸었다.

"잠깐 방에 들러도 될까요?"

강민석 변호사는 흔쾌히 허락했다.

잠시 후, 희우는 강민석 변호사와 마주 앉았다.

강민석 변호사가 컵에 든 오렌지 주스를 마시며 물었다.

"무슨 일이야?"

"정지석 씨 사건, 수임해도 될까요?"

"그건 네가 알아서 할 일이야. 난 네가 이곳에 오는 조건으로 자유를 줬어."

희우가 고개를 저었다.

"괜찮을까요? 스타 배우의 성폭행, 피해자는 가련한 여성. 그리고 KMS는 선임료 5억을 받아 챙길 목적으로 죄인을 구제하려는 악질 변호사 집단이 되겠지요."

재벌들의 상속 문제나 기업 변호를 맡는 순간 수임료는 상상할 수 없는 비용을 받을 수 있다. 즉, 5억은 일반인에겐 큰 돈으로 보일지 몰라도 KMS의 입장에서는 사건을 맡지 않아도 크게 상관없는 금액이었다.

하지만 세간의 주목을 받고 있는 사건이었다. 희우가 지금 강민석 변호사에게 하는 말은 'KMS의 이미지를 떨어뜨려도 되겠습니까?'라고 묻는 것이었다.

강민석 변호사가 잠시 희우를 바라봤다. 그리고 머리를 긁적이며 물었다.

"여론에 의해 악질 변호사 집단이 될 수 있다는 거지?"

"네."

"그래서?"

"네?"

강민석 변호사가 어이없다는 듯 웃기 시작했다.

"너 정말 어이없구나. 하하하하."

한참을 웃던 강민석 변호사는 여전히 미소를 입에 머금고 말을 이어 갔다.

"예전에 기억 안 나? 아무도 맡지 않으려던 친구 살인 사건, 그거 네가 가지고 온 거 아냐?"

"……."

"그때 그 사건에서 졌으면 우리가 뭐라고 욕먹었을 것 같냐?"

희우는 컵에 든 오렌지 주스를 마신 후 답했다.

"상황이 조금 다른 게, 당시에는 인터넷이 활발하지 않았잖아요. 그리고 성범죄라는 것은 정지석 씨에게 무혐의가 뜬다고 해도 사람들은 그걸 기억하지 않아요. 그저 정지석이 성폭행으로 고소당했었다, 그걸 맡았던 게 KMS다. 이것만 기억하죠. 조금 더 심할 것으로 생각되는 이유는 다른 변호사님도 아닌 제가 사건을 맡기 때문입니다."

희우의 움직임 하나하나가 기삿거리가 될 만큼 파급력이 있기에 하는 말이었다.

강민석은 가만히 희우의 말을 들으며 조용히 고개를 끄덕일 뿐이었다. 그리고 희우의 말이 끝났을 때 입을 열었다.

"그래서? 나가서 혼자 수임 맡겠다는 거야? 우리 이미지 지켜 주려고?"

"……."

"네가 고등학교를 다닐 때, 그러니까 여기서 아르바이트를 할 때에 내가 네게 했던 말, 기억해?"

"……."

"안타까운 사연을 가진 사람을 본다면 나에게 데리고 오라 했던 것 같은데."

"네, 그런 말씀을 하셨었습니다."

강민석이 고개를 끄덕이며 계속 말했다.

"변호사법 1조는 기본적 인권을 옹호하고 사회정의를 실현함을 사명으로 하는 걸 변호사라고 해. 그리고 나는 안타까운 사람을 돕기 위해 변호사가 되었어. 물론 먹고살기 위해, 돈을 벌기 위해. 그렇지 못한 경우도 많지."

말하던 강민석은 목이 타는지 주스를 들어 입에 댔다가 내려 뒀다. 그리고 계속 말을 이어 갔다.

"난 먹고살기 위해 내 신념을 꺾은 적도 많지만 넌 그러지 않았으면 좋겠다. 내 대리 만족을 위해 널 부른 거니까 네가 하고 싶은 대로 정의라고 생각하면 움직여."

"감사합니다."

"뒤는 내가 봐주마. 우리 로펌이 여론에 휩쓸려 망할 만큼

허술하지는 않으니까 걱정하지 말고."

희우는 작게 한숨을 내쉬었다. 그리고 고개를 끄덕였다.

"그럼 이 사건 맡겠습니다."

"마음대로 해."

희우는 자리에서 일어서서 강민석에게 가볍게 목례하고 방을 벗어났다.

사건을 맡기로 했다. 그러나 희우는 이 사건에 어떤 함정이 도사리고 있을 거라는 것을 예상하고 있었다.

희우는 자신의 자리로 돌아와 의자에 앉으며 나직이 입을 열었다.

"나한테 싸움을 걸면 안 될 텐데. 큰일 날 텐데."

김후언 의원은 자신의 아들인 김성용과 마주 앉아 있었다.

구치소에서 미결수복을 입고 앉아 있는 자신의 아들을 본 김후언 의원은 순간 울컥하는 마음에 눈시울을 적셨다.

하지만 거기까지였다.

김후언 의원은 담담한 표정으로 김성용에게 입을 열었다.

"재판은 최대한 미룰 거야. 그때까지 참고 있어."

"……네."

김후언 의원은 안타까운 표정으로 아들을 바라봤다.

전교 1등에 똘똘했던 아들이 죄수복을 입고 앉아 있는데 마음이 편한 부모는 없다.

물론 그 전에 자신의 아들이 한 잘못을 생각해야 하는 것이 우선이지만 김후언 의원은 죽은 학생이 기억나지도 않는 것 같았다.

김후언 의원이 말했다.

"내신이 아깝기는 하지만 학교는 자퇴 처리했다. 8월에 검정고시 있으니까 고등학교는 그거 봐서 졸업하도록 해."

"……."

"그리고 문제집 넣어 둘 테니까 공부나 열심히 하고 있어. 나오면 바로 수능 봐야 하니까."

그 말은 수능 전에는 빼 준다는 뜻이었다.

김성용은 숙였던 고개를 들고 자신의 아버지를 바라봤다.

김후언 의원은 자신의 얼굴을 김성용에게 가까이 하고 작게 입을 열었다.

"고개 숙이고 있지 마. 넌 장차 우리나라의 큰 인물이 될 사람이야. 이 정도 시련에 무릎 꿇으면 미래는 없어. 죽은 놈을 위해서라도 넌 열심히 살아야 해. 그게 죽은 놈을 위하는 길이기도 하니까. 반성 많이 하고 공부 열심히 하도록 해라."

"……네, 죄송합니다, 아버지."

김후언 의원은 잠시 더 자신의 아들을 바라보다가 자리에서 일어섰다.

그런 김후언 의원을 향해 김성용이 어렵게 입을 열었다.

"저…… 정말 나갈 수 있죠?"

"걱정하지 마."

그리고 김후언 의원은 면회실을 빠져나갔다.

김후언 의원의 눈에는 초췌한 아들의 모습이 어렷거렸다.

그리고 그 아들의 모습이 천천히 바뀌며 김희우의 얼굴이 떠올랐다.

김후언의 눈이 분노에 휩싸였다.

"내 아들 대신 너를 집어넣어 주마."

그 시각.

초선 의원이지만 국회에서 꽤 강한 힘을 얻고 있는 진규학 의원.

그는 누군가와 이른 저녁 식사를 하는 중이었다.

진규학 의원의 앞에 있는 사람은 제왕 그룹 천호령 회장의 첫째 아들 천지용이었다.

예순이 넘은 나이. 하지만 천호령 회장이 은퇴하지 않아 아직까지 정책 본부의 본부장이라는 직함에 만족하고 있어야 할 사람이기도 했다.

진규학 의원이 천지용 본부장에게 입을 열었다.

"김후언 의원이라고 있습니다. 서울시 의원인데 야욕이 많아 이용하기 쉬운 사람입니다. 그룹의 일을 수월하게 하기 위해 문서 조작을 해 주기고 하고요."

진규학 의원은 김후언 의원에게 일을 잘 성사시키면 천호령 회장을 만나게 해 주겠다는 달콤한 꼬드김을 했었지만 모두 거짓이었다.

천지용 본부장조차 김후언라는 이름을 처음 들어 보는 것이나 마찬가지니까.

어쨌든 천지용은 고개를 끄덕이며 술잔을 들어 올렸다. 자신은 술을 마실 테니 하고 싶은 말이 있으면 어서 하라는 이야기였다.

진규학 의원이 말을 이었다.

"그런데 그놈이 요즘 김희우를 건드리려고 하는 것 같습니다."

그 말을 들은 천지용 본부장의 입꼬리가 슬쩍 올라갔다. 그는 비워진 술잔을 테이블에 내려 두며 말했다.

"김희우와 싸우려고 하는 사람이 있나?"

"네, 그런데 야욕만 있지, 실력은 모자라서 자칫 잘못되지나 않을까 걱정입니다."

"놔둬. 소가 뒷걸음질 치다가 쥐를 잡는 거 알잖아? 혹시 아나, 그놈이 김희우의 목을 쳐 줄지?"

"알겠습니다. 그러면 계속 지켜보도록 하겠습니다."

Chapter 5

다음 날 희우는 정지석의 집으로 출발했다.

어젯밤, 정지석에게 사건을 맡겠다는 전화를 했으니 이제 앞으로의 일정을 짜야 할 시간이었다.

정지석이 유명한 배우인 이상 밖에는 사람들의 눈이 있어 만나기 어렵기에 그나마 만나서 자연스러운 대화를 할 수 있는 곳이 그의 집이었다.

희우가 집 앞에 서자 정지석이 문을 열며 그를 맞이했다.

"오셨어요?"

희우가 고개를 끄덕였다.

"네, 매니저는요?"

"와 있습니다."

희우는 정지석에게 매니저도 함께 와 있으라는 이야기를 전했다. 매니저 김지상은 먼저 와서 소파에 앉아 희우를 기다리고 있었다.

희우가 소파로 걸어가자 매니저 김지상이 자리에서 일어나 가볍게 고개를 숙였다.

그들의 대화가 시작된 것은 정지석이 커피를 테이블에 올려놓으면서부터였다.

희우가 매니저 김지상을 보며 물었다.

"피해자 여성분에게는 연락이 왔습니까?"

김지상이 고개를 저었다.

"아니요. 안 왔습니다."

"혹시 연락이 오면 녹취를 하십시오. 그리고 합의를 종용하거나 하는 이야기는 하지 마시고요."

김지상이 머리를 긁적였다.

"합의하는 게 좋지 않을까요? 시간을 질질 끌수록 좋지 않아서요. 지금도 여론의 분위기가 다들 지석이를 욕하고 있는 중이라서요."

희우는 슬쩍 매니저 김지상의 얼굴을 바라봤다.

아무것도 모르는 듯 말하는 그를 보며 희우의 입꼬리가 슬쩍 올라갔다. 그가 말했다.

"매니저분은 아무것도 하지 마세요. 움직이면 불만만 키우는 꼴이 됩니다."

김지상이 고개를 저으며 다시 입을 열었다.

"변호사님이 이 바닥을 잘 몰라서 그러시는 것 같은데요. 지석이 같은 일류 배우는 하루하루가 매출이고 돈이에요. 지금 이렇게 시간을 끌수록 손해만 커집니다. 이미지만 나빠지고요."

희우가 가볍게 커피 잔을 들며 말했다.

"알고 있어요. 매니저님 말씀대로 빨리 끝내는 게 좋겠지요. 하지만 상대 쪽에서 노리고 있는 게 돈이 아니라면?"

희우는 말을 끊고 매니저 김지상을 가만히 바라봤다.

그 눈동자를 본 매니저가 자신도 모르게 침을 꿀꺽 삼켰다.

'뭔가 알고 있나?'

희우의 눈동자는 분명 뭔가 알고 있다는 눈빛을 보내고 있었다.

하지만 매니저는 이내 고개를 저었다.

김후언 의원과 만날 때마다 보안을 철저히 했다.

술집에도 따로 들어갔고 나올 때도 따로 나왔다.

상대가 김희우라고 해도 절대 알 수 없다.

확신한 김지상이 희우를 보며 입을 열었다.

"……돈이 아니라면요?"

김지상은 아무렇지 않은 척했지만 그 목소리까지 담담할 수는 없었다.

하지만 희우는 모른 척 어깨를 으쓱해 보였다.

"돈이 아니라 다른 것일 수도 있잖아요."

담담한 말투에 매니저 김지상은 희우가 아무것도 모른다고 확신했다.

희우가 정지석을 바라보며 말을 이었다.

"정지석 씨의 몰락 같은 거요."

그 말에 정지석은 답답한 듯 머리를 쥐어뜯었다. 그는 피해자 여성의 목적이 지금 희우가 말한 것처럼 자신의 몰락이라고 생각하고 있었다.

다른 동료 연예인들의 말을 들어 보면 이럴 때 연락이 먼저 와서 돈을 요구하거나 하는데 그런 게 전혀 없으니까.

정지석이 말을 더듬으며 입을 열었다.

"지금도 인터넷을 보면 제 이름이 포털 사이트의 메인에 오르내리고 있어요. 그 여자 목적이 제 몰락이라면 이미 이루어지고 있네요."

그러더니 자신의 핸드폰을 들어 희우에게 건넸다.

핸드폰을 받은 희우가 화면을 바라봤다.

그 안엔 댓글이 가득했다.

-성폭행은 물증 없어도 혐의 적용 가능.

-정지석 더럽네.

-진심 답이 없다……. 이젠 감옥에서 봐요. 안녕.

-넌 이제 퇴출. 이 정신 나간 성범죄자야.

어게인
마이라이프
SEASON2

–공인이라는 놈이 팬을 쉽게 보고……. 인간 말종.

희우가 정지석의 핸드폰을 테이블에 내려 두며 말했다.

"전 솔직히 말씀드려서 정지석 씨의 이미지가 지금 땅에 떨어지든 다시 이미지가 다시 좋게 변하든 그런 것에는 관심이 없습니다."

희우의 말에 매니저와 정지석이 가만히 그를 바라봤다.

그리고 매니저 김지상은 희우의 그 말을 들으며 생각했다.

'그래, 관심이 있는 것은 돈이겠지. 수임료 5억.'

희우가 말을 이었다.

"제가 원하는 것은 무고한 사람이 처벌받지 않는 겁니다."

희우의 눈이 매니저를 향했다. 그리고 조금 강한 어조로 말을 이었다.

"상대를 처벌받게 하기 위해 거짓을 말하는 사람을 잡고 싶을 뿐입니다."

"……!"

매니저 김지상의 눈동자가 순간 흔들렸다. 하지만 금방 제자리로 돌아왔다.

희우는 분명히 매니저의 눈동자가 떨리는 것을 봤다. 미세한 부분이었지만 한 평생 거짓말만 하는 사람들을 눈앞에서 지켜봤던 희우였기에 놓치지 않고 잡아냈다.

하지만 모른 척했다.

상대에게 자신이 뭔가를 잡고 있다는 것을 알리는 순간, 그 상대는 빠져나가기 위해 다른 길을 팔 수 있기 때문이다.

다른 길로 간다고 해서 못 잡는 건 아니지만 그렇게 되면 골치 아파지니까.

김지상은 침착한 말투로 희우에게 물었다.

"허위 사실 유포 죄 이런 건가요?"

희우가 고개를 저었다. 그리고 김지상을 보며 또박또박 말을 이어 갔다.

"허위 사실 유포 죄라는 항목은 없어요. 허위 사실로 인해 피해가 발생한 것에 대한 책임을 부과하는 법이 있죠. 이럴 경우는 명예훼손이나 무고, 사기, 협박을 검토해 볼 수 있겠네요."

"아, 네."

희우가 다시 입을 열었다.

"일단 제가 피해자 여성분을 만나 보겠습니다. 이야기해 보고 나머지는 다시 연락드리겠습니다. 다시 당부드리지만 그때까지 먼저 연락하거나 하는 일은 없어야 합니다."

정지석과 매니저 김지상이 고개를 끄덕거리는 것을 보며 희우는 자리에서 일어섰다.

매니저에게 여성의 연락처를 받은 희우는 지하 주차장에 내려가 차량에 올랐다. 그리고 그 여성에게 전화를 걸었다.

잠시의 통화대기 음이 들리더니 상대의 목소리가 흘러나

왔다.

─여보세요?

"안녕하세요? 정지석 씨의 변호인입니다. 잠시 통화할 수
있을까요?"

─…….

여성은 아무 말도 하지 않았다.

희우가 다시 입을 열었다.

"불편하시면 나중에 연락드릴까요?"

─……아뇨. 괜찮습니다. 말씀하세요.

희우는 그녀와 바로 만나기로 약속을 정했다.

그녀의 집은 경기도 과천. 약 한 시간 거리의 멀지 않은 곳
이었다.

잠시 후, 희우는 피해자 여성의 아파트 근처에 있는 커피
숍에 도착했다.

희우가 커피를 앞에 두고 앉아 있자 잠시 후 단아한 얼굴
의 여성이 나타났다.

그 여성이 희우의 앞으로 다가와 입을 열었다.

"변호사님?"

"네, 김희우라고 합니다."

희우는 명함을 꺼내 그녀의 앞에 놓았다.

그녀는 희우의 명함을 물끄러미 바라보며 입을 열었다.

"이름과 얼굴은 알고 있어요. 워낙 텔레비전에 많이 나오

던 분이시잖아요."

희우가 가만히 바라보자 그녀가 입을 열었다.

"이여진이라고 합니다."

그리고 희우의 앞에 마주 앉았다.

그녀를 바라보던 희우는 속으로 자신을 조금 책망하는 중이었다. 짧은 단발머리, 깔끔한 옷차림의 그녀. 스토커라고 해서 이상한 이미지를 상상하고 있었던 자신이 우습게 느껴졌기 때문이다.

희우가 입을 열었다.

"사건에 대해서 여쭤 볼 게 있어서 왔습니다."

그녀가 고개를 저으며 말했다.

"핸드폰, 그리고 녹음기 있으면 다 테이블 위에 올려 주세요."

"……!"

"변호사님들 녹취하고 그러잖아요. 그런 거 싫습니다."

희우가 고개를 끄덕였다.

"녹음기는 없고 핸드폰만 있습니다."

희우는 핸드폰을 꺼내 테이블 위에 두었다.

그러자 그녀 역시 핸드폰을 꺼내 위로 올렸다. 그런 뒤 계속 말했다.

"녹음기를 숨겨 두었다고 해도 없다고 믿을게요. 다름 아닌 김희우 전 의원님이시니까요. 거짓말하지는 않으시겠죠?"

희우가 슬쩍 웃으며 고개를 끄덕였다.

"물론입니다. 그럼 이제 편히 이야기해 볼까요?"

"네, 말씀하세요."

"매니저에게 사주받았나요?"

"……!"

담담하게 말을 받던 그녀의 눈빛이 순간적으로 떨려 왔다.

이렇게 직접적으로 정곡을 찔러 들어올 줄은 몰랐던 것 같았다.

변호사라면 주변을 환기시키며 안으로 파고들어 올 거라고 예상했던 그녀. 하지만 희우는 변호사이기보다는 검사였다.

직접적으로 죄를 묻고 따지는 검사.

그녀는 자신도 모르게 침을 꿀꺽 삼켰다. 눈꺼풀조차 떨리고 있었지만 최대한 아무렇지 않은 표정으로 말을 이었다.

"무슨 말씀이시죠?"

"사건 당일에 택시를 타고 현장에 오셨습니다. 택시는 정확히 정지석 씨의 차 앞에 섰고요. 그 자리를 알고 있는 것은 매니저와 정지석 씨뿐."

그녀가 고개를 저었다.

"요즘에는 SNS가 발달되어서 지나가던 사람들이 정지석의 차가 여기 세워져 있다고 올리는 거 모르세요?"

"확인해 봤더니 그런 SNS는 올라오지 않았습니다."

"펜 카페에서 회원들만 볼 수 있게 올리기도 해요."

"그럼 그 게시물을 보여 주시겠습니까?"

그녀가 떨리는 목소리로 입을 열었다.

"……그걸 제가 왜 보여 줘야 하죠?"

"만약 정지석 씨가 한 일이 정말 사실이라면 전 지금부터 정지석 씨를 감옥으로 보낼 거니까요."

그 말에 다시 한 번 그녀의 눈동자가 흔들렸다.

희우와 똑바로 눈을 마주하고 있는 그녀.

알 수 있었다.

희우가 하는 말이 거짓이 아니라는 걸.

"그쪽은 정지석 씨 변호사 아닌가요?"

"변호인은 맞지만 죄가 있는 사람을 봐주고 싶은 마음은 없어요. 사람이 죄를 지었으면 그에 대한 책임을 지는 게 맞아요."

"……."

"내가 원하는 건 하나."

"……."

"진실."

그녀가 한숨을 내쉬었다. 그리고 말했다.

"진실요? 맞아요. 매니저가 사주했어요. 자, 이제 진실을 알았으니까 됐나요?"

"법정에서 증언할 생각은?"

"없어요."

그녀의 목소리가 조금은 도발적으로 변했다.

희우가 입을 열었다.

"매니저가 사주의 대가로 뭘 이야기했죠?"

그녀가 피식 웃으며 고개를 저었다.

"진짜 몰라서 묻는 건가요? 뭐겠어요?"

"돈?"

"네, 제가 법정에서 증언한다면 변호사님은 제게 얼마를 주시겠어요? 저도 알아보니까 성폭행은 피해자의 진술을 바탕으로 수사가 진행된다면서요? 제 증언 없이는 정지석이 빠져나오기 힘들걸요?"

희우가 가만히 그녀를 바라봤다. 그리고 물었다.

"얼마를 받기로 했죠?"

돈을 이야기하자 그녀의 입꼬리가 슬쩍 올라갔다. 이겼다고 생각한 모양이다.

"먼저 이야기하세요. 제가 먼저 말할 필요가 있나요? 지금 궁지에 몰린 사람은 내가 아닌데?"

희우가 머리를 긁적였다.

"스토커라고 들었습니다. 보통 그 정도의 팬심이 있다면 웬만한 금액으로 돌아서지 않는다고 들었어요. 금액이 막대했나 보죠?"

"팬이 안티로 돌아서는 건 한순간입니다."

몇 마디를 더 나눈 후 희우는 자리에서 일어섰다.

"합의에 대한 것은 조금 의뢰인과 이야기한 후에 다시 연락드리겠습니다."

이여진에게 말은 그렇게 했지만 합의 볼 생각은 애초에 없었다. 그저 여지를 남겨 두며 상대의 긴장을 풀어 놔야 하겠다고 생각했을 뿐이다.

그녀가 고개를 끄덕였다.

"네, 나중에 올 때는 좋은 소식 가지고 오셨으면 좋겠네요."

희우는 그녀와 헤어져 커피숍 밖으로 나오며 상만에게 전화를 걸었다.

"지금부터 내가 말하는 여자 조사 좀 해 줘."

─흥신소 통해서요?

"응, 과천에 사는 여자고 이름은 이여진."

─이여진요?

희우는 상만에게 알고 있는 정보를 넘긴 후 전화를 끊었다. 그리고 커피숍으로 시선을 돌렸다.

희우가 나왔지만 멍하니 홀로 앉아 있는 이여진의 모습이 눈에 들어왔다.

희우는 날 서 있는 그녀의 태도가 마음에 걸렸다.

고소가 진행 중이라 날카로울 수도 있지만 지금 그녀의 반응에는 다른 무엇인가가 있었다.

커피숍에 앉아 있는 그녀를 보며 희우가 낮은 목소리로 입을 열었다.

"팬이었는데 한순간에 안티가 된다고?"

어게인
마이라이프
SEASON 2

뭔가 있었다.

그 무언가를 찾아내면 일이 조금은 순조롭게 풀릴 거라고 생각했다.

희우의 시선이 하늘로 향했다.

투둑, 투둑.

굵은 빗방울이 하나씩 떨어지고 있었다.

하지만 희우의 눈에는 빗물이 보이지 않았다.

김후언 의원과 매니저 그리고 배우 정지석을 통해 그려지고 있는 하나의 밑그림이 눈에 들어왔다.

희우의 입에 슬쩍 미소가 걸렸다.

변호사 사무실로 돌아온 희우는 바로 정지석이 있는 엔터테인먼트 회사를 조사하기 시작했다.

회사의 공시를 확인하고 재무제표를 검색.

배우 몇 명과 개그맨들이 소속되어 있는 크지 않은 엔터테인먼트 회사였다.

유명한 사람은 정지석밖에 보이지 않았다.

'자금이 문제인가? 아니면?'

희우는 평소 믿지 않던 증권가의 지라시와 연예 기사를 검색했다.

언론을 믿진 않지만 흘러나온 조각들을 끼워 맞추면 하나의 그림이 되기 마련이다.

희우는 손가락으로 책상을 톡톡 치기 시작했다. 그리고 그의 머리는 생각에 빠져들었다.

대형 매니지먼트에 소속되었던 정지석은 지금의 매니저 김지상과 함께 대형 소속사를 나와 회사를 차렸다.

그게 지금의 회사였다.

회사의 대표는 매니저 김지상. 정지석은 표면적인 경영권은 없었고 대주주로만 등록되어 있었다.

하지만 증권가의 지라시를 함께 보면 정지석이 경영에 참여하고 있다는 소문이 보였다.

경영에 참여하며 매니저가 하는 일에 이것저것 훼방을 놓는다는 것. 그리고 매니저와 잦은 다툼을 벌인다는 것도 있었다.

희우는 하나의 그림을 그렸다.

정지석은 매니저와의 사이가 좋다고 생각하지만 매니저 김지상은 그렇게 생각하지 않는다.

김지상의 입장에서만 본다면 회사가 발전하는 데 정지석이라는 배우는 필요악이다.

정지석을 대체할 만한 무엇인가를 손에 쥔다면 언제든 잡고 있는 손을 놓을 수 있다.

그리고…….

김후언 시의원.

그는 각종 인맥을 이용해 아들의 공판을 미루고 있다.

지금은 사회면에서 논란이 되고 있기에 집행유예를 때릴 수 없지만 논란이 식으면 공판을 진행해 집행유예로 밀어붙일 생각을 하고 있다.

논란을 덮는 것은 더 큰 논란을 찾아 만드는 것.

김후언이 생각한 더 큰 논란은 바로 전 국회의원인 김희우 변호사의 비도덕적인 일이다.

생각을 이어 가던 희우가 고개를 끄덕였다.

'나라는 제물을 진규학 의원에게 바칠 생각인가?'

피식 웃음이 흘렀다.

여기까지 한 추론.

오차는 거의 없어 보였다.

그럼 움직여야 할 시간이다.

희우는 천천히 전화를 들어 올렸다.

전화가 향하는 곳은 정지석이었다.

"매니저를 믿나요?"

뜬금없는 소리에 정지석은 잠시 꿀 먹은 벙어리가 되었다. 희우가 말을 이었다.

"두 분의 관계는 알고 있지만 이번 사건이 가장 가까운 곳에서 일어났을지도 모른다는 생각을 했습니다. 제 말대로 따라 주십시오."

─……매니저 형이 계획한 건가요?

"그건 모르죠. 정지석 씨는 평소처럼 생활하면서 제 말대로 움직이면 됩니다. 걱정하지 마세요. 매니저가 아무 연관이 없다면 누구도 상처 입지 않고 끝날 겁니다."

─알겠습니다. 뭘 하면 될까요?

다음 날이 되었다.

희우는 바로 상만과 만났다.

"부탁 좀 하자."

"또 뭔데요?"

상만이 툴툴거렸다.

희우는 상관하지 않고 입을 열었다.

"정지석 매니저 좀 만나 봐."

"네?"

"그래서 투자한다고 이야기해."

"연예계 주식은 별로 좋아하지 않는데요."

"투자하지 말고 투자만 한다고 해."

대학 때부터 희우와 부동산 경매를 하며 돈을 벌어 온 상만이다. IMF 이후, 2008년 미국발 금융 위기 등과 같은 위기를 희우의 조언을 통해 기회로 만들어 꽤 많은 돈을 벌어

들였다.

그 덕분에 상만의 이름은 증권가에 꽤 알려진 상태였다.

물론 실명이 아닌 강남의 부동산 거부 A 씨 등으로 거론되고 있었다.

상만이 장난스럽게 희우를 바라봤다.

"하하, 사장님. 투자한다고 말만 하고 투자하지 않는 건 사기 아니에요?"

희우가 피식 웃었다.

"사기라니? 투자한다고 말하고 다 투자하면 세상에 망하는 사람이 얼마나 많겠어? 만나 보고 정말 마음에 들면 투자해도 좋아."

"흐흐흐, 알겠습니다. 그럼 제가 어떻게 행동해야 하는지 말씀해 주세요."

희우는 상만에게 매니저를 만난 후 해야 할 것에 대해 설명했다.

며칠 후.

정지석의 매니저 김지상은 강남의 한 차이나 레스토랑에 앉아 있었다.

붉은 커튼이 예쁘게 있는 작은 공간. 중앙의 테이블이 둥

글게 놓여 있는 곳이었다.

김지상은 시계를 바라봤다.

오후 4시 정각.

동시에 문이 삐걱 열리며 한 남자가 들어왔다. 그 남자가 매니저를 보며 반갑게 입을 열었다.

"김지상 대표님?"

"아, 네. 제가 김지상입니다."

김지상이 일어나 남자에게 고개를 숙였다.

남자는 상만이었다.

반갑게 악수하며 원탁의 반대편에 앉은 상만이 입을 열었다.

"말씀드렸던 것처럼 투자하고 싶습니다. 요즘 부동산 경기가 보합세를 이루고 있어서 다른 성장 동력을 찾고 있는 중이었어요."

매니저 김지상이 활짝 웃으며 고개를 끄덕였다.

"연예계는 성장 동력이 강하죠. 한류 열풍으로 중국에서 벌어들이는 수익만 해도 어마어마합니다. 투자하셔도 손해 보시진 않을 겁니다. 게다가 우리 회사는……."

매니저 김지상은 상만에게 이것저것 서류를 보여 주며 회사의 상태와 미래에 대해 설명했다.

상만은 서류를 물끄러미 바라보다가 입을 열었다.

"……그런데 여기 정지석 씨, 회생 가능성이 있나요?"

"……!"

어게인
마이라이프
SEASON2

"혹시 제 투자법에 대해 들어 보셨는지 모르겠지만 전 저평가되었지만 미래에 가치가 있을 만한 것에만 투자합니다. 부동산도, 주식도 그렇게 해 왔지요. 단기보다는 중장기를 보고 움직이죠. 제가 이번 투자를 고민한 이유가 바로 정지석 씨입니다."

매니저가 어색하게 웃으며 상만을 바라봤다.

상만이 계속 말했다.

"연예인이 성폭행범으로 몰리는 일은 흔한 일이잖아요. 대부분 무혐의로 훌훌 털고 일어나고요."

"그…… 그렇죠."

"어떤 연예인 같은 경우는 많은 의혹을 받고 이미지가 망가졌지만 연기력 하나로 재기했고요. 하지만 정지석 씨도 재기할 수 있을까요?"

"……."

매니저 김지상은 잠시 아무 말도 하지 않았다. 머릿속에서 계산기를 두드리고 있었기 때문이다.

그를 보며 상만이 말을 이었다.

"정지석 씨 하나만 놓고 본다고 해도 회사의 가치는 상당히 저평가되어 있다고 봅니다. 하지만 지금 상황이 투자하기엔 위태하니 고민되네요."

김지상의 눈동자가 데구르르 굴러가는 게 상만의 눈에 보였다.

상만이 그를 향해 강하게 입을 열었다.

"정지석의 사건이 잘 해결된다고 하면 우선적으로 50억을 투자할 생각입니다."

"네?"

놀란 매니저를 보며 상만이 손을 저었다.

"아, 너무 적은 거 알아요. 연예계 최고 기획사 중 하나를 보니 시가 총액이 6천억이 넘어가더라고요. 일단 50억만 넣고 그 후에 움직이는 상황을 봐서 100억, 1천억을 더 넣도록 하겠습니다."

매니저 김지상은 표정 관리가 되지 않았다.

시가 총액이 몇천억이 넘어가는 대형 기획사와 자신의 회사는 다르다.

그런데 이런 엄청난 금액을 투자하겠다니…….

멍할 수밖에 없었다.

그를 보며 상만이 입을 열었다.

"제가 봤을 때 그 이상 성장할 수 있는 회사라고 여겨서 그런 겁니다. 정지석 씨가 아직은 한국에서만 인기가 많지만 드라마 하나만 잘돼 봐요. 그게 중국이나 해외로 판권이 넘어가는 순간 돈방석 아닌가요?"

"네? 네, 그…… 그렇죠."

상만이 그를 보며 씨익 웃었다.

"일단 식사하시죠."

"아, 네, 네."

멍한 표정의 매니저였다.

식사가 끝나고 김지상과 헤어진 상만이 차에 오른 후에 희우에게 전화를 걸었다.

"네, 말씀하신 대로 했습니다."

ㅡ잘했어.

"그런데 사장님, 저 50억 없는데요? 통장에 30만 원 있어요. 하하."

～∂∽

매니저 김지상은 차량에 올라 시동을 걸었다.

그의 눈에는 많은 생각이 오가고 있었다.

김후언 의원은 제왕 그룹과 손잡을 수 있도록 도와주겠다는 말을 했다.

'제왕 그룹이라……'

케이블 방송국도 가지고 있는 제왕 그룹과 손잡으면 자신의 매니지먼트에서 데리고 있는 연예인들이 더 활발하게 방송할 수 있을 것이 분명했다.

하지만.

김후언 의원을 믿을 수 있을까?

그는 정치인인데?

매니저 김지상은 정치인이란 존재는 달면 삼키고 쓰면 뱉고, 자신에게 필요하면 취했다가 필요하지 않으면 과감히 버리는 존재라고 생각했다.

'제왕 그룹과 연결시켜 준다는 것을 확실히 믿을 수 있을까?'

매니저 김지상은 머리를 쥐어뜯었다.

방금 만난 박상만이라는 사업가.

젊은 나이에 부동산을 시작해 막대한 부를 이뤘다고 들었다.

IMF 직후 시작한 부동산으로 강남구, 서초구, 송파구에 어마어마한 아파트와 집을 구매하여 돈을 벌었다.

그런 사람이 직접적으로 투자하고 싶다는 말을 했다.

김후언이 말한 제왕 그룹은 건너서 들은 이야기.

박상만이란 사업가는 직접적으로 들은 이야기.

누구의 말을 들어야 할까?

김지상은 고개를 저으며 차의 액셀러레이터를 천천히 밟았다.

우우웅.

핸드폰이 진동을 울렸다.

정지석에게 온 전화였다.

다시 차를 멈추고 통화 버튼을 누른 매니저 김지상.

"응, 지석아."

―형, 잠깐 집으로 와 줄 수 있어?

잠시 후, 매니저 김지상은 정지석의 집에 앉아 있었다.

정지석이 초조한 표정으로 소파 앞을 서성거렸다.

김지상은 소파에 앉아 그런 정지석을 물끄러미 바라보며 입을 열었다.

"왜 그래?"

"내가 지금 매니지먼트에 넣은 주식이 몇 퍼센트지?"

"60퍼센트."

정지석이 굳은 표정으로 매니저를 바라봤다. 그리고 말했다.

"그거 형이 다 가지고 가라."

"……!"

"방금 친한 기자한테 전화가 왔는데 이번 성폭행 사건하고 해서 매니지먼트에 있는 내 지분으로 주가 조작하는 거 아니냐는 말도 나오고 있대."

"뭐? 그게 무슨 소리야?"

정지석이 고개를 저었다.

"코스닥 상장을 앞두고 주가 조작을 하려는 움직임 어쩌고 하는데 내가 그게 무슨 말인지 어떻게 알아? 일단 형이 지분 다 가지고 있어."

그 말과 동시에 매니저 김지상이 눈을 번뜩였다. 그리고 입을 열었다.

"그러면…… 너, 경영에 참여하지 마. 기자 입에서 말이 나올 정도면 위험한 거 알지?"

"어?"

"지금 지분을 처분한다는 거잖아. 그리고 경영에 참여하면 더 의혹을 받을 거 아냐?"

정지석이 한숨을 내쉬었다.

"내가 지금 이런 꼴인데 경영에 어떻게 참여한다고 하는 거야? 마음대로 해."

매니저 김지상이 자리에서 일어섰다.

"그래, 그럼 그렇게 진행하도록 하자."

김지상은 정지석의 집에서 나섰다. 그리고 지하 주차장으로 내려와 차량에 올라탔다.

떠나는 김지상의 차.

그 차를 바라보는 눈이 있었다.

바로 희우였다.

희우가 즐거운 듯 입을 열었다.

"미끼를 물었네."

희우는 변호사 사무실로 들어가고 있었다.

주차하고 1층으로 들어가 엘리베이터에 올랐다.

띵.

희우가 자신의 사무실이 있는 곳에서 내려 안으로 들어가자 많은 직원들이 일하고 있는 모습이 보였다.

희우는 직원들에게 먼저 인사하며 그들을 지나 자신의 방으로 향했다.

변호사 중에 직원들에게 인사하는 사람들도 드물지만, 이렇게 일일이 먼저 인사하는 사람도 드물다. 그래서 직원들은 눈을 깜빡거리며 희우를 바라봤다.

희우가 방으로 들어가자 여직원들이 한마디씩 했다.

"진짜 겸손하지 않아?"

"저런 분이 결혼했다는 게 너무 짜증이 나."

"지임이는 좋겠다, 김희우 변호사님 비서라서."

그들의 말을 희우는 듣지 못했다.

희우는 사무실에 들어와 어디론가 전화를 걸고 있었다.

"아, 의원님."

그의 전화가 향한 곳은 황진용 의원이었다.

희우가 정계에 있을 때는 최고 권력을 가지고 있었지만 지금은 많이 흔들리는 중이었다. 하지만 여전히 막강한 파워를 가진 의원 중 한 사람임은 분명했다.

희우의 전화를 받은 황진용이 반가운 목소리로 입을 열었다.

―그래, 무슨 일이야?

"부탁 하나 드려도 될까요?"

―말만 해. 자네 부탁이라면 내가 모두 들어줘야지.

"하하, 무리한 부탁은 아니고요. 그저 한 명만 만나 주시면 됩니다."

희우는 황진용 의원에게 김후언 시의원을 만나 달라는 말을 했다. 그리고 황진용 의원은 흔쾌히 허락했다.

전화를 끊은 희우가 천장을 바라보며 빙긋이 미소를 지었다.

"이번에도 미끼를 물어라."

그 시각.

김후언 시의원은 전화를 받고 약간은 경직된 표정으로 앉아 있었다.

방금 그는 황진용 의원에게 전화를 받았다.

국회의 권력자이자 국민들이 신뢰를 갖는 몇 안 되는 의원인 황진용 의원.

그런 의원이 왜 자신에게 전화를 걸었을까?

왜 만나자고 했을까?

이게 무슨 일일까?

김후언 의원은 생각에 빠졌다.

'황진용 의원과 김희우는 꽤 친한 편에 속하는데, 혹시 지금 일을 알고 있는 걸까?'

김후언 의원은 고개를 저었다.

알 리 없다.

누구도 모르게 매니저 김지상과 짜고 치는 중인데 누가 알 수 있을까?

진규학 의원에게 살짝 이야기하기는 했지만 진규학 의원
은 황진용 의원과 걷는 노선이 다르다.

생각하던 김후언 의원이 무거운 한숨을 내쉬었다.

만나 보면 될 일이다.

그리고 황진용 의원과 안면을 터 놓는 것은 그의 앞길에
절대 해가 될 일은 아니라고 생각했다.

✦

그날 밤.

김후언 의원은 황진용 의원과 앉아 있었다.

칸막이로 안을 들여다볼 수 없게 만들어진 고깃집이었다.

지글지글 익고 있는 고기를 황진용 의원이 한 점 집어 들
었다. 그리고 자신의 앞 접시에 갖다 두며 입을 열었다.

"김희우가 밉지요?"

"네? 아닙니다. 아닙니다."

김후언 의원이 황급히 고개를 저었다.

황진용 의원이 미소 지으며 말을 이어 나갔다.

"왜 안 밉겠습니까? 아들을 감옥에 집어넣으려고 하는데.
그 마음 다 알고 있습니다."

황진용 의원의 말에 김후언 의원은 멋쩍은 미소를 지었다.

황진용 의원이 계속 말했다.

"김희우는 눈엣가시입니다."

"네?"

김후언 의원은 황당한 표정으로 황진용 의원을 바라봤다.

"그렇지 않나요? 어린놈이 국회에 들어와서 얼마나 혼란을 주었나요? 일은 했을 것 같습니까? 김희우가 의원직을 하는 동안 내놓은 법안이 열 개가 채 안 돼요."

그렇게 말하며 황진용 의원이 슬쩍 김후언 의원을 바라봤다.

탐욕에 젖은 눈빛.

황진용 의원은 그 틈을 노리고 말을 이었다.

"하지만 김희우는 가지고 있는 선이 확실한 사람이죠. 법에 어긋나는 짓을 상당히 싫어해요."

김후언은 눈을 껌벅이며 황진용을 바라봤다.

도대체 무슨 말을 하려고 하는지 감이 잡히지 않았다.

황진용이 말을 이었다.

"기자회견 하는 거 봤습니다. 아들이 잘못을 저질렀으니 사형시켜야 한다는 말을 하는 걸 보고 상당히 감명받았어요."

"네, 하하."

김후언은 어색하게 웃었다.

사실 모두 연기였을 뿐인데 황진용이 그걸 보고 감명받았다느니 어쩌느니 하자 살짝 부끄럽기까지 했다.

김후언을 보며 황진용이 다시 입을 열었다.

어게인
마이라이프
SEASON2

"보궐선거가 얼마 안 남았지요? 공천 자리가 있는지 확인해 보고 있습니다."

"……!"

보궐선거를 통해 중앙 정치에 입문할 수 있도록 도움을 준다는 말.

하지만 김후언 의원은 웃지 못했다. 비록 그가 정치를 시작한 것이 이번이 처음이었지만 오랫동안 사업을 하며 익힌 감이 있었다.

바로 한 가지를 받으면 두 가지를 내놔야 한다는 것이었다.

하지만 그토록 바라던 중앙 정치로 입문할 수 있는 절호의 기회였다.

앞에 위험한 낭떠러지가 있다 해도 용기 있게 건널 수 있다면 미래는 보장되는 것이다.

김후언 의원이 더듬더듬 입을 열었다.

"제…… 제가 무엇을 할 수 있을까요?"

황진용 의원은 잠시 말하지 않았다.

그는 잔에 소주를 채워 넣고 말없이 마셨다. 그리고 비어 있는 자신의 잔을 김후언에게 건넸다.

황급히 황진용의 잔을 받는 김후언. 비어 있는 잔에 꼴꼴거리며 소주가 채워졌다.

그제야 황진용 의원이 입을 열었다.

"소주잔은 내가 따라 준 소주로 채워질 수도 있고 또 다른 사람이 따라 준 술로 채워질 수도 있어요. 때에 따라서는 맥주로 채워질 수도 있고 물로 채워질 수도 있죠."

"……"

"잔은 무엇이 담기든 상관없는 겁니다. 단지 마시는 사람의 즐거움을 주면 되는 거지요."

"……"

"진규학 의원과 잘 알고 지낸다고 했지요?"

"……네? 네."

황진용 의원의 눈빛이 날카롭게 변했다.

"진규학 의원에게 많은 잔을 받았겠군요. 이제 제가 따른 술을 드려 보겠습니까?"

"……!"

황진용 의원은 더 말하지 않았다.

딱 여기까지.

나머지 생각은 김후언 의원이 해야 할 일이었다.

황진용 의원과 헤어져 집으로 향하는 차량 안.

뒷좌석에 타고 있는 김후언 의원은 많은 생각에 빠졌다.

"마시는 사람의 즐거움을 주면 되는 거라고? 이제 황진용 의원에게 즐거움을 주라는 말인가?"

김후언의 눈빛이 차가워졌다.

그를 향해 손이 내밀렸다.

상대는 바로 황진용 의원.

그의 손을 잡으면 보궐선거에 나갈 수 있다.

김후언 의원은 답답한 듯 고개를 저었다.

그를 향해 내밀린 손은 이미 있었다.

바로 진규학 의원.

그의 뒤에는 제왕 그룹이 서 있다.

어느 손을 잡아야 할까?

한쪽을 잡으면 다른 한쪽을 놔야 하는 입장.

김후언 의원의 머릿속에 김희우는 이미 없었다.

꿈꾸

그 시각.

황진용 의원은 홀로 고기를 굽고 있었다.

드르륵.

미닫이문이 열리고 한 남자가 안으로 들어왔다.

바로 희우였다.

황진용 의원이 고개를 들어 희우를 맞이했다.

정말 반가운 표정이었다.

"왔어?"

"하하, 옆에서 다 들었습니다. 일 안 하고 법안을 열 개만 만들어서 죄송합니다."

"난 두 개만 만들었는데, 뭘."

황진용 의원이 기분 좋게 말하며 어서 앞자리에 앉으라고 손짓했다.

희우가 맞은편에 자리하자 황진용 의원이 입을 열었다.

"그런데 놈이 이런 걸로 넘어올까?"

"네, 넘어올 겁니다."

"어이가 없군, 난 보궐선거에 넣어 준다는 약속도 하지 않았는데? 이렇게 허점이 많은 계략에 넘어온단 말이야?"

"사기에 당하는 사람들은 멍청해서 당하는 게 아닙니다. 사기꾼들이 똑똑한 사람을 잡을 정도로 치밀하게 준비해서도 아닙니다."

"그럼?"

"욕심이죠. 욕심에 눈이 멀면 다른 것은 보이지 않으니까요."

"그렇군."

황진용 의원은 희우의 말을 들으며 그의 잔에 술을 채웠다.

꼴꼴꼴.

술이 따라지는 소리를 들으며 희우가 입을 열었다.

"그런데 이 잔을 받으면 저도 의원님께 기쁨을 줘야 하나요?"

"하하하, 춤이라도 추게?"

희우가 피식 웃었다.

"춤은 배운 적이 없어서 나중에 보여 드리겠습니다."

두 사람은 가볍게 잔을 부딪친 후 술을 마셨다.

황진용 의원은 잔을 내려놓으며 희우에게 물었다.

"이제 어떻게 할 셈인가?"

"알아서 될 거라고 생각합니다. 하하."

희우의 웃음에 황진용 의원이 어이없다는 듯 웃어 버리고
말았다.

다음 날.

진규학 의원은 자량을 타고 이동하는 중이었다.

뒷좌석에 앉은 그는 핸드폰을 물끄러미 보고 있었다.

그는 사진 하나를 전송받았다.

사진에는 황진용 의원과 김후언 의원이 나란히 앉아 있었다.

'일개 시의원이 황진용 의원을 만나고 있다고?'

진규학 의원의 머릿속이 복잡해져 왔다.

김후언 의원은 분명 김희우를 공격하고 있었다.

그런데 김희우와 한배를 타고 있는 황진용 의원과 만나고
있다?

뭔가 앞뒤가 맞지 않는다는 생각이 들었다.

'김후언, 김후언, 김후언.'

버리는 카드라고 생각하고 있었으니 크게 기분 나쁠 것은
없었다.

하지만 나비 한 마리의 날갯짓에 태풍이 몰려오기도 한다.

진규학 의원은 두 사람이 왜 만났을지에 대해 깊게 고민하기 시작했다.

그리고 그 시각, 김후언 의원의 사무실.

김후언 의원은 정지석의 매니저 김지상과 앉아 있었다.

김지상이 입을 열었다.

"제왕 그룹의 관계자와 만나게 해 주실 수 있나요? 케이블 방송국 사람이면 좋겠습니다."

김후언 의원이 못마땅한 표정으로 김지상을 바라봤다.

작은 매니지먼트 회사의 대표가 감히 자신에게 이래라 저래라 하는 게 마음에 들지 않았다.

그리고 사실 그 자신도 제왕 그룹과의 연관성이 없었기에 만나게 해 주고 싶어도 할 수가 없었다.

김후언 의원이 커피를 들어 마시며 말했다.

"지금 당장은 어렵지, 그 사람들도 일이 있는데. 그리고 우리가 한 약속이 아직 진행 중이지 않나?"

"……저도 어서 일을 시작하지 않으면 힘듭니다. 정지석 사건 때문에 우리 소속사에 일이 들어오지 않고 있어요. 소속 배우들이 불만을 가지고 있습니다. 그래서 연예인들에게 제왕 그룹 방송국과 연이 있다는 것이라도 보여 주고 싶습니다."

김후언 의원의 미간이 찌푸려졌다.

"큰일을 할 때는 기다림도 알아야 하는 게야."

김지상이 무거운 한숨을 내쉬었다. 그리고 말했다.

"그러면 저는 더 이 일을 같이 못 하겠습니다."

김후언 의원의 눈이 꿈틀거렸다. 김지상이 계속 말했다.

"오해 풀고, 정지석이 다시 복귀시키겠습니다."

"그게 말이 된다고 생각해? 이미 정지석의 이미지는 바닥이야!"

김지상이 고개를 저었다. 그리고 자리에서 일어섰다.

"그럼 나중에 뵙겠습니다."

"마음대로 해!"

문이 닫히고 밖으로 나간 김지상, 그리고 여전히 소파에 앉아 있는 김후언. 두 사람은 서로 다른 생각을 가졌다.

김지상은 얼마 전 박상만과의 만남을 떠올리며 뜬구름 잡는 말로 현혹하는 김후언의 손을 버리기로 했다.

그리고 김후언은 이렇게 된 이상 황진용의 손을 잡아야겠다고 생각했다.

희우는 김후언 의원의 사무실 건너편에 서 있었다.

밖으로 김지상이 나오는 모습이 희우의 눈에 들어왔다.

"하나 잡았고."

그리고 잠시 후, 검은색 차량이 사무실 앞에 서는 게 보였다.

이어서 허겁지겁 달려 나오는 김후언 의원.

희우의 입꼬리가 올라갔다.

"또 하나 잡았고."

김후언 의원의 차량이 떠나가는 걸 보며 희우가 나직이 입을 열었다.

"고맙게 생각해. 당신은 정말 추악한 정치인이 될 사람이었어. 하지만 내 덕에 이제는 그렇게 살지 않을 거야. 기회를 준 거니까 착하게 살도록 해."

잠시 차량의 뒤를 바라보던 희우는 핸드폰을 꺼내 들었다.

"정지석 씨? 매니저에게 전화해서 급히 와 달라고 하세요. 이유는 아무거나 만드세요. 한두 시간 정도 잡아 놓을 수 있게요."

-네? 알겠습니다.

정지석은 희우에게 어떤 것도 묻지 않고 수락했다.

매니저 김지상이 가는 곳은 뻔히 보였다. 그리고 김지상이 만나고자 하는 사람은 희우가 먼저 만나야 했다.

그 사람은 바로 이번 사건의 키가 될 이여진이었다.

희우와 전화를 끊은 정지석은 바로 김지상에게 전화를 걸었다.

-어, 지석아.

"형, 잠깐 와 주면 안 돼?"

-왜? 무슨 일이야?

"지분 넘기는 것과 관련해서 경제 전문 변호사에게 물어봤는데 이게 또 기자에게 넘어가려고 하는 것 같아."

　-뭐?

　물론 거짓말이었다. 하지만 정지석은 일류 배우답게 천연덕스러운 연기를 펼쳤다.

　전화를 끊은 김지상은 미간을 찌푸렸다.

　이여진에게 가야 하나?

　아니면 정지석에게 가야 하나?

　"젠장."

　일단 기자의 입을 막는 게 급했다.

　김지상은 차량의 운전대를 급하게 돌렸다.

　잠시 후.

　희우는 이여진과 마주 앉아 있었다.

　희우가 입을 열었다.

　"효녀네요."

　"네?"

　그녀는 눈을 깜빡였다.

　당최 희우가 무슨 말을 하려는지 이해할 수가 없었다.

　희우가 말을 이었다.

　"기분 나쁘게 들리실 수도 있겠지만 전 연예인 따라다니는 사람들을 좋지 않게 봐 왔거든요."

"······."

"우스갯소리로 많이 하잖아요. 부모님의 생신도 모르는데 연예인의 생일은 다 챙겨 준다는 말요."

"······."

이여진의 얼굴은 점차 어두워졌다.

그녀는 힘겹게 입을 열었다.

"알고 계신 건가요?"

"네."

희우는 상만을 통해 이여진의 뒷조사를 했다.

이여진의 아버지가 수원에서 운영하는 작은 공장이 2008년 금융 위기에 휘청거렸다. 그때부터 '조금만 버티면 되겠지.'라는 생각으로 버텨 온 것이 지금에 이르렀다.

하지만 사업은 어려워졌고, 더 이상 버티기 힘들었다.

그러자 이여진의 아버지는 직원들에게 자신을 고소하면 나라로부터 돈을 받을 수 있다는 말을 하고 공장의 문을 닫았다.

사원들에게 월급을 주고 싶어 하는 경영자. 그것이 이여진의 아버지였다.

그래서 그녀는 매니저 김지상의 제안을 받아들인 것이다.

희우가 그녀를 보며 입을 열었다.

"보기 드문 효녀네요."

그녀의 눈에서 굵은 눈물방울이 뚝뚝 떨어졌다. 하지만 금방이었다. 그녀는 다시 당돌한 표정으로 희우를 바라봤다.

'내가 약해지면 안 돼.'

아마도 그렇게 생각하고 있는 것 같았다.

그녀가 입을 열었다.

"알고 오셨으면 다행이네요. 얼마 주실 수 있죠?"

"5억."

"⋯⋯!"

매니저 김지상이 이야기한 돈이 5천만 원이었다.

그 돈이면 지방으로 이사 가서 전세를 얻어 살 수 있다고 생각했는데⋯⋯.

희우가 말했다.

"제가 변호사 수임을 하는 조건으로 5억을 받기로 했습니다. 그 돈을 모두 드리죠."

"그 돈을 전부요?"

그녀의 눈에 당돌했던 모습은 없었다. 그저 황당함만이 있을 뿐이었다.

희우가 말했다.

"물론 이런 잘못을 했으면 사기죄로 집어넣어야 합니다. 하지만 이번 일로 인해서 언론에 그쪽 얼굴이 노출되었습니다. 그러니까 앞으로 사람들의 기억 속에서 잊히기 전까지 그쪽이 받아야 할 비난으로 끝내죠."

"⋯⋯."

"뭐, 고소 문제야 정지석 씨가 동의해야 가능한 일이지만요."

그녀는 고개를 끄덕였다.

"정지석 씨가 저를 고소한다면 달게 받을 거예요."

"그리고 5억이 있으면 아버지가 사원들 월급을 주고 지방에 내려가 작은 가게를 할 돈은 된다고 생각하는데, 어떻게 생각하세요?"

"……감사합니다. 정지석 씨에게 미안하다고 전해 주세요. 그저 죄송할 뿐입니다."

희우의 입꼬리가 슬쩍 올라갔다.

"미안하다는 말은 그쪽이 하세요. 대신 하나만 부탁드립니다."

"하나요?"

희우가 기분 좋은 미소를 지었다.

순간 이여진의 핸드폰에 진동이 울렸다.

발신 번호를 본 이여진의 눈이 떨려 왔다.

그녀의 눈동자를 본 희우가 말했다.

"받으세요. 그리고 싫다고 하십시오."

"……전화를 건 사람이 누군지 알고 계신 건가요?"

"정지석 씨의 매니저 아닌가요?"

이여진은 잠시 한숨을 내쉬었다. 그리고 통화 버튼을 눌렀다.

"여보세요?"

―잠깐 만나죠.

"왜요?"

상대의 급한 목소리에 이여진은 차가운 목소리로 답했다.

그때 희우가 자신의 핸드폰에 '녹음'이라는 단어를 적어 그녀에게 보여 주었다. 그러자 그녀는 살짝 고개를 꾸벅인 후 핸드폰에 녹음 버튼을 눌렀다.

다시 상대방의 목소리가 수화기를 통해 들렸다.

−이여진 씨의 목적은 돈이죠? 계획이 끝나기 전에 돈을 드리겠습니다. 그리고 다음 계획으로 넘어갈 때 추가적으로 돈을 더 드리겠습니다.

그녀는 앞에 앉아 있는 희우를 슬쩍 본 후 수화기에 대고 입을 열었다.

"어떤 계획이죠?"

−고소를 취하해 주세요.

희우가 고개를 저었다.

그녀가 입을 열었다.

"싫습니다."

−……!

그녀가 싫다는 말을 하자 매니저 김지상은 순간 당황한 것 같았다.

김지상이 다시 입을 열었다.

−돈을 더 준다니까요.

"싫습니다."

-정지석 좋아한다며? 네가 좋아하는 연예인이 복귀하게 해 주자니까? 돈도 받고 좋잖아!

"싫습니다."

　-너, 왜 그래? 매장당하고 싶어? 빠순이면 빠순이답게 살아. 나랑 흥정하려고 하지 말고. 지금 갈 테니까 집 앞에 있어. 알았어?

그녀의 눈이 다시 앞에 앉아 있는 희우를 바라봤다.

희우가 가볍게 고개를 끄덕였다.

"알겠어요. 일단 만나서 이야기하죠."

전화를 끊은 그녀가 희우에게 말했다.

"한 시간 후에 만나기로 했습니다."

희우가 고개를 끄덕이며 입을 열었다.

"네, 다 싫다고 하십시오. 그리고 연락 주십시오."

희우는 자리에서 일어섰다.

희우가 떠나고 잠시 후, 이여진은 김지상과 마주했다.

김지상이 말했다.

"아까는 화가 나서 욱했네요. 그런데 돈을 더 준다니까 왜 싫다고 하죠? 돈 필요해서 이 일을 했으면 목적에 충실하세요."

그녀는 고개를 저었다.

"고소를 취하하면 제가 뭐가 되겠어요? 이미 기사는 날 대로 났고 지금도 인터뷰하자고 기자들에게 계속 전화가 오고 있어요. 그런데 이런 상황에서 고소를 취하하라고요? 그건 싫어요."

"얼마를 원해요?"

그녀는 대답하지 않았다.

김지상의 눈은 몹시 분노에 차오르기 시작했다.

"쉽게 가려는 길을 왜 어렵게 만들고 있어!"

이여진은 고개를 숙인 채 죽어 가는 목소리로 작게 입을
열었다.

"전 취하하지 않을 거예요."

급기야 김지상의 입에서 욕설이 튀어나오기 시작했다.

다음 날.

진규학 의원은 또 하나의 소포를 받았다.

보낸 사람의 이름은 없었다.

소포를 풀어 확인하니 USB 메모리와 전화번호 하나가 들
어 있었다.

진규학 의원이 전화번호가 적힌 쪽지를 들어 확인하며 보
좌관에게 말했다.

"USB 확인해 봐."

"네."

진규학 의원의 보좌관이 메모리 카드를 노트북에 연결했

다. 그리고 말했다.

"녹음 파일입니다."

"녹음 파일?"

"네."

보좌관은 말을 하며 플레이 버튼을 눌렀다. 그러자 노트북에서 목소리가 흘러나왔다.

–아, 천호령 회장님이 지시하신 일은 잘 진행되고 있습니다.

김후언 의원의 목소리.

그리고 이어서 진규학 의원의 목소리가 흘렀다.

–하하, 김후언 의원님밖에 없습니다. 천호령 회장님도 분명 흡족해하고 계실 겁니다.

–제가 언제쯤이면 천호령 회장님을 뵐 수 있을까요?

노트북의 소리를 듣고 있던 진규학 의원의 눈빛이 점점 일그러졌다.

노트북에서 소리는 계속 흘러나오고 있었다.

–이번에 지시하신 일이 잘 처리된다면 독대하실 수도 있겠지요?

–아이고, 감사합니다. 의원님.

그것으로 녹음 파일은 끝났다.

진규학 의원이 보좌관을 바라봤다.

"누구지?"

"네? 모…… 모르겠습니다."

보좌관도 당황한 상태였다.

어게인
마이라이프
SEASON2

갑작스레 날아온 소포가 도청한 기록이라니.

그것도 김후언 의원과 진규학 의원이 독대했을 때의 일.

이 일이 사회로 퍼져 나간다면 진규학 의원 역시 거친 바람을 피하기는 어려워진다.

진규학 의원이 소포에 동봉된 전화번호를 비서에게 건네며 말했다.

"전화해."

보좌관은 황급히 쪽지를 받아 핸드폰 번호를 눌렀다.

잠시의 통화대기 음.

그리고 누군가가 받았다.

"진규학 국회의원 사무실입니다. 우리가 소포 하나를 받았는데 누구십니까?"

─……김후언 의원님의 수행 비서입니다.

"……!"

진규학 의원의 보좌관이 전화를 끊지 않고 떨리는 눈으로 입을 열었다.

"김후언 의원의 수행 비서라고 합니다."

진규학 의원의 눈에 분노가 끼기 시작했다.

"그 수행 비서, 당장 이곳으로 오라고 해!"

"네, 네!"

보좌관이 전화기에 대고 말했다.

"이쪽으로 오십시오."

－알겠습니다.

김후언 의원의 수행 비서는 마른침을 삼키며 전화를 끊었다. 그리고 목이 탔는지 커피 잔을 들어 마셨다.

그의 앞에 웃고 있는 남자가 있었다.

바로 김희우였다.

희우는 여유로운 미소를 지우지 않고 비서에게 어서 마시라고 손짓했다.

수행 비서가 차를 마신 후 내려놓자 희우가 말했다.

"잘 생각하셨습니다."

수행 비서는 아무 말도 하지 않았다.

희우가 다시 말했다.

"녹취 파일이 언론에 넘어갔다고 생각해 보세요. 아니, 검찰에 넘겼다고 생각해 보세요. 사건만 찾아다니는 사람들인데 승냥이 때처럼 달려들어 물어뜯지 않을까요?"

"……."

"김후언 의원이 그쪽을 보호할 수 있다고 생각합니까? 김후언 의원 자신은 빠져나오려고 애쓰겠지요. 하지만 지금의 일이 벌어지기까지 로비하고 술을 마시며 술 상무가 된 비서님을 챙겨 줄 것 같나요?"

수행 비서가 아무 말도 하지 않자 희우가 가방에서 서류를 꺼내 그의 앞에 펼쳤다. 단 몇 주 동안 흥신소 직원이 비서를 쫓아다니며 찍은 사진들이었다.

희우가 말했다.

"김후언 의원이 그동안 참 나쁜 짓을 많이 했네요. 서울시 잘되게 하라고 뽑아 놨더니 자기 사업 잘되라고 로비하고 다니셨네. 그런데 비서님은 여기에 자기 사업도 몇 개 입찰해서 넣었더라고요?"

"……."

수행 비서는 고개를 떨어뜨렸다. 그의 눈에는 커피숍의 바닥만 보일 뿐이었다.

그를 보며 희우가 말했다.

"뭘 고민하시나요? 집에 애가 네 살이라고 들었는데 아빠 없이 키우고 싶나요? 나중에 아이에게 '아빠는 나쁜 짓 하다가 감옥에 갔다 왔단다.'라고 말할 수 있나요?"

수행 비서가 고개를 저었다.

"……아니요."

희우가 계속 말했다.

"그럼 제 말을 따르세요. 적당한 비서직은 제가 찾아봐 드리겠습니다. 앞으로 착하게 사시고요."

수행 비서는 힘없이 고개를 끄덕였다.

"네, 알겠습니다."

사실 진규학 의원의 보좌관과 통화까지 한 이상 수행 비서에게 있어서는 이미 주워 담을 수 없는, 엎질러진 물이었다.

하지만 희우는 자신의 계획에서 단 하나의 오차도 남기지 않기 위해 그를 더 닦달하고 있었다.

희우가 그를 보며 입을 열었다.

"그럼 가세요. 가서 모두 김후언이 지시했다고 말하세요."

잠시 후, 김후언 의원의 수행 비서는 진규학 국회의원 사무실로 들어갔다.

그가 들어오는 것을 보자마자 진규학 의원이 노기를 띤 눈빛으로 그를 노려보며 입을 열었다.

"설명해 봐."

수행 비서가 더듬더듬 입을 열었다.

"……네, 김후언 시의원이 진규학 의원님과 만날 때 보험을 들어 놓으라고 하셨습니다."

"보험?"

"네, 제왕 그룹 간부들과 만날 수 있는 약속을 하셨지만 문서화되지 않은 일뿐이니까요."

진규학 의원의 미간이 찌푸려졌다. 그는 더 듣지 않고 손을 내저었다. 그리고 물었다.

"그런데 자네는 이런 걸 왜 나에게 보냈나? 가만히 있으면 이득이 되지 않았을까?"

수행 비서는 깊이 숨을 들이마신 후에 대답했다.

"진규학 의원님이 잘못되는 것을 보고 싶지 않았습니다."

"헛소리하지 말고 원하는 게 뭐야?"

"나중에 지방 시의원이나 구의원도 좋으니까 공천 하나만 주시면……."

진규학 의원이 다시 손을 내저었다. 그만 나가 보라는 뜻이었다.

수행 비서는 고개를 꾸벅 숙인 후 그의 방을 벗어났다.

진규학 의원은 한참 동안 의자에 앉아 생각에 빠졌다.

어제 그는 김후언 의원과 황진용 의원이 만났다는 것을 어떤 사진을 받아 알고 있었다.

그런데 오늘은 녹취하고 있었다는 것까지 알게 되었다.

"도대체 뭐야? 뭐가 어떻게 돌아가고 있는 거야?"

하지만 아무리 생각해 봐도 그게 명확히 무엇인지는 답이 보이지 않았다.

그때 똑똑똑, 문 두들기는 소리가 들리며 그의 보좌관이 안으로 들어왔다.

"의원님, 당사에 가실 시간입니다."

"아, 가야지. 가야지."

진규학 의원은 자리에서 일어나 재킷을 꺼내 걸쳤다. 그리고 보좌관에게 말했다.

"김후언 그놈, 탈세한 거 있지?"

"네."

"걸어."

"네, 알겠습니다."

진규학 의원이 방을 나서며 중얼거렸다.

"이래서 작은 사업을 하던 놈들을 믿어서는 안 돼. 생각이 편협하단 말이야."

상만은 커피숍에 앉아 앞을 바라봤다.

그의 앞에는 희우가 앉아 있었다.

"커피 안 드세요? 왜 과일 주스를 드세요, 안 어울리게?"

"마시고 왔어."

"누구랑요?"

"네가 그걸 왜 궁금해하는데?"

"헤헤, 전 사장님이 하시는 건 다 궁금하거든요."

상만이 능청스럽게 웃자 희우가 고개를 저었다.

"징그러우니까 그렇게 웃지 마."

상만이 가방을 열어 서류 뭉치를 꺼내 보였다.

"여기 투자하려는데 어떻게 생각하세요?"

"투자? 그건 알아서 하지, 왜 나한테 물어봐?"

"사장님이 정확하시니까요. 하하."

희우는 상만이 건넨 서류를 물끄러미 바라봤다.

제왕 그룹이 신사옥을 만들겠다고 진행하는 곳. 그 주변에 있는 재건축 아파트였다.

희우가 말했다.

"신사옥이 올라서면 값 좀 오를 것 같아서?"

"네, 아직 절차상이 남아 있다고 들었는데 아무래도 제왕 그룹이면 통과되지 않을까요? 이 사옥에 백화점이나 여러 시설이 들어온다고 하니까 주변 여건도 더 좋아질 것 같고요."

"그게 올라가면 좋은 건가? 가뜩이나 그 지역은 교통 정체 지역이잖아."

"원래 막히는 구간의 땅값이 비싼 법이잖아요."

잠시 생각하던 희우가 말했다.

"사. 정체 지역이 비싼 법이라며."

"그렇게 간단히요? 사장님 원래 집 살 때 이것저것 다 따지고 사시잖아요."

"응. 좋은 곳이니까 사."

희우의 말에 상만은 기분 좋은 듯 수첩을 꺼내 뭔가를 적어 나갔다.

희우는 가만히 상만을 바라봤다.

제왕 그룹 신사옥이 들어갈 곳.

그 부근은 앞으로 많은 문제들이 일어날 장소다.

그러니 거기에 집이 있다면 여러모로 이용 가치가 높을 것이다.

수첩을 내려 둔 상만이 다시 희우에게 물었다.

"그런데 정지석의 매니저인 김지상한테 이렇게만 하면 되는 거예요?"

"응, 원래 이런 음모를 꾸미는 사람들은 자기 살길은 하나씩 마련해 두기 마련이야. 벼랑 끝으로 몰리면 살려고 발버둥 치겠지. 난 가만히 그걸 기다리고 있을 뿐이고."

"네, 네. 사장님은 정말 무서운 분이십니다."

희우가 어이없다는 듯 고개를 저으며 입을 열었다.

"쓸데없는 소리 하지 말고 김지상한테 전화나 넣어 봐."

"전화해서 뭐라고 해요?"

"사건 해결 안 되니까 투자하기 어렵다고 징징거려."

"하하, 징징거리는 건 제가 잘하죠."

상만은 핸드폰을 들어 전화번호를 눌렀다.

통화음이 이어지고 김지상이 전화를 받았다.

—네, 사장님.

상만이 말했다.

"정지석 씨 성폭행 혐의가 하루면 해결된다고 하더니, 이 거 약속이 다른데요? 이미지 더 날아가는 거 아닙니까?"

—아, 아닙니다. 아니에요. 다 잘되고 있으니까 걱정하지 마십시오.

"그럼 다행이고요. 그런데 더 미뤄지면 나는 투자 못 해요. 내가 정지석 씨 하나 보고 투자하려고 준비하는데 그걸 왜 해결 못 해 주나요? 돈 싸 놓고 있으니까 어서 해결하세요. 시간 늦어지면 이미지만 나빠지는 거 아시죠?"

상만은 퉁명스럽게 말한 후 전화를 끊었다.

매니저 김지상은 종료된 핸드폰을 바라보며 입을 꽉 다물었다. 그의 미간에는 주름이 깊게 지어져 있었다.

"하여간 돈 있는 놈들은 다 마음에 안 들어."

강한 척했지만 입에서는 자신도 모르게 한숨이 나왔다.

이 상황을 어떻게 넘길 수 있을까?

이여진은 취하지 않는다고 하고, 투자자는 해결되지 않는다고 압박을 넣고 있다.

이것만 넘긴다면 승승장구할 수 있을 것 같은데…….

순간 김지상은 자리에서 일어나 사무실 서랍을 뒤지기 시작했다. 그리고 잠시 후 볼펜 하나를 꺼내 들었다.

캠코더가 달린 볼펜이었다.

인터넷 쇼핑몰에서 쉽게 구할 수 있는 볼펜.

매니저 김지상은 볼펜을 들고 만지작거렸다.

"이렇게까지 하고 싶지 않았는데……."

그는 잠시 눈을 감고 생각에 빠졌다. 그리고 핸드폰을 들었다.

"변호사님?"

희우에게 건 전화였다. 그는 상만과 앉아 있다가 매니저 김지상의 전화를 받아 들었다.

-네, 매니저님. 말씀하세요.

"할 말이 있습니다."

-어떤 말이죠?

"전화로는 그렇고, 만나서 이야기해 드리고 싶은데요. 잠깐 만날 수 있습니까?"

-좋습니다.

희우는 전화를 끊었다. 그리고 상만을 보며 싱긋 웃어 보였다.

"네가 징징거리는 게 통했나 보다."

"왜요?"

"네가 보채니까 바로 할 말 있다고 만나자고 하잖아."

상만이 머리를 긁적였다.

"흐흐, 알고 보면 돈 한 푼도 없는데요."

희우는 자리에서 일어섰다.

"그럼 먼저 가 본다."

"넵! 들어가십시오!"

희우가 향한 곳은 당연하지만 정지석의 집이었다.

희우가 소파에 앉자 맞은편에 정지석과 매니저 김지상이 앉았다.

김지상이 심각한 표정으로 정지석을 바라봤다. 뭔가를 몹시 고민하는 모습이었다.

그가 입을 열었다.

"스토커 여자에게 합의하자고 말하면 어떨까요?"

희우가 가만히 김지상을 바라보며 말했다.

"만약 합의를 종용했다는 걸 그 여자가 언론에 뿌린다면 재판에 가서 불리해져요."

김지상이 한숨을 내쉬었다. 그리고 슬쩍 정지석의 얼굴을 바라봤다.

"얼마 전에 투자 제의를 받았어요. 하루 빨리 이 사건을 무마하고 지석이의 명예를 다시 올리는 조건으로요."

정지석이 놀란 표정으로 김지상에게 고개를 돌렸다.

"그런 이야기, 나한테 안 했잖아."

"너, 경영에서 빠진다고 했잖아. 그리고 지금 네가 여기까지 신경 쓸 입장도 아니고."

정지석은 한숨을 내쉬며 다른 쪽을 바라봤다.

희우는 계속해서 김지상의 눈을 보는 중이었다.

'지금 하고 싶은 말이 그게 아닐 텐데.'

김지상이 희우와 정지석을 부른 이유가 이게 아닌 것 같았다.

그가 궁지에 몰렸을 때 꺼낼 카드.

그 카드를 열 차례라고 생각했는데 김지상은 그렇게 하지 않고 있었다.

희우는 찬찬히 김지상을 훑었다.

'카드를 열면 자기에게도 손실이 오나?'

가능성이 높다.

그렇지 않고서는 이렇게 다른 쪽으로 화제를 돌리려고 하지 않을 테니까.

희우의 눈이 차가워졌다.

이럴 때는 강하게 밀어붙여 더 곤경에 빠뜨려야 한다.

희우가 입을 열었다.

"만약 스토커와 합의한다는 이야기를 하신다면 전 이 사건에서 빠지겠습니다."

그리고 희우가 정지석에게 눈빛을 보냈다.

정지석이 말했다.

"나도 마찬가지야. 합의는 없어. 내가 잘못한 것도 없는데 왜 합의를 봐야 해? 만약 그런 이야기가 나오면 난 형을 상대로 고소할지도 몰라."

김지상은 고개를 숙였다.

"하루 빨리 명예를 회복해야 하잖아."

정지석이 고개를 저었다.

"법정에서 무혐의를 받는 게 내 명예 회복이야."

"사람들이 네가 무혐의를 받았는지를 궁금해할 것 같아? 사람들이 기억하는 건 지금 이 사건이야!"

"그래도 싫어."

김지상은 깊은 한숨을 내쉬며 주머니 속에 있는 캠코더가
달린 볼펜을 만지작거렸다.

　　하지만 꺼내지 못했다.

　　무슨 말을 해야 할지 감이 잡히지 않았다.

　　이걸 왜 설치했는지 말해야 하나?

　　그동안 이게 있었다는 것을 왜 밝히지 않았는지 말해야 하나?

　　김지상의 머리가 복잡하게 움직였다.

　　잠시 후, 그는 자리에서 일어섰다.

　　"알았어. 그럼 이 이야기는 없는 걸로 할게."

　　김지상은 고개를 숙인 채 정지석의 집을 떠났다.

　　그가 떠남과 동시에 희우가 자리에서 일어섰다.

　　"우리도 가죠."

　　"네?"

　　정지석은 영문을 모르겠다는 표정으로 희우를 바라봤다.

　　김지상은 차에 올라탔다. 그리고 스토커 이여진에게 전화
를 걸었다.

　　"지금 갈 테니까 만나죠."

　　－시간이 너무 늦지 않았나요?

　　"늦었어도 만나야 하지 않을까? 내가 지금 그날 밤 영상을

가지고 있는데."

　-네? 뭐…… 뭘요?

"방에서 일어났던 일이 찍혀 있는 영상이 있다고. 그러니까 나를 만나지 않으면 그쪽은 무고죄로 걸리게 될 거야."

　-…….

김지상은 이여진의 말을 듣지 않고 종료 버튼을 눌렀다. 그리고 액셀을 힘껏 밟아 도로를 달렸다.

그는 운전대를 잡은 손에 힘을 꽉 주고 있었다.

"그냥 돈 준다고 할 때 고소를 취하했어야지, 멍청한 ×."

잠시 후.

김지상은 과천의 한 아파트 앞 커피숍에 앉아 있었다. 그리고 그의 앞에는 이여진이 고개를 숙이고 있었다.

김지상은 말없이 캠코더가 달린 볼펜을 노트북에 연결했다.

영상 속에서 정지석은 욕실로 들어가 나올 생각을 하지 않았고, 이여진은 거실에 쭈그려 앉아 계속해서 울고 있었다.

영상이 나오자 이여진이 떨리는 목소리로 입을 열었다.

"이…… 이걸 언제 찍으셨어요?"

"내가 너의 뭘 믿고 일을 맡겼을 것 같아? 연예인이나 쫓아다니는 사생 팬을 내가 온전히 믿을 것 같았어?"

이여진은 고개를 숙였다.

김지상이 말했다.

"내일 당장 가서 고소 취하해."

"······돈은요? 돈 주시기로 했잖아요."

"돈? 미쳤어? 내가 왜 너한테 돈을 줘? 지금 감옥에 집어 넣지 않는 걸 다행으로 여겨!"

그때 문이 커피숍의 문이 벌컥 열리며 두 사람이 들어왔다. 바로 희우와 정지석이었다.

두 사람을 본 김지상의 얼굴은 하얗게 굳었다.

"어······ 어쩐 일이야, 여······ 여기까지?"

희우가 들고 있던 핸드폰을 들어 올렸다.

"이여진 씨랑 통화하고 있었어요. 한 뼘 통화, 성능 좋던데요. 정지석 씨랑 같이 들을 수 있었네요."

"······!"

이여진이 핸드폰을 들어 보였다.

그녀 역시 한 뼘 통화.

즉, 지금까지 김지상이 했던 말을 고스란히 희우와 정지석이 듣고 있었다는 뜻이다.

김지상이 정지석을 바라봤다.

"지······ 지석아. 아니야. 진짜 아니야."

정지석은 감정 없는 눈동자로 김지상을 바라봤다.

김지상이 다시 외쳤다.

"아니라고! 내가······ 진짜 아니야. 아니라고! 믿어 줘, 지석아!"

정지석이 희우에게 물었다.

"경찰은 언제 오죠?"

희우가 손목을 들어 시간을 확인했다.

"금방 도착하겠네요."

경찰이란 말에 김지상의 눈동자가 더욱 심하게 흔들렸다.

그는 정지석의 앞으로 다가가 바지를 잡아끌며 말했다.

"지석아, 오해야. 진짜 다 오해야."

희우가 정지석의 바지를 잡고 있는 김지상을 보며 입을 열었다.

"오해는 법정에서 풀도록 하세요. 정말 오해라면 원만하게 해결되겠네요."

김지상이 고개를 거세게 저었다.

"아니라고! 난 아니라고!"

희우가 입을 열었다.

"변호사 필요하면 연락하시고요. 그런데 증거가 이렇게 명확하니 저는 그쪽을 변호하지는 않을 겁니다."

희우의 말에 김지상은 무릎을 꿇고 흐느끼기 시작했다.

"지석아…… 지석아. 한 번만 봐줘라, 지석아. 내가 실수했어."

하지만 정지석의 눈은 차가웠다.

희우가 무릎 꿇고 앉아 있는 김지상의 어깨를 툭툭 두들겼다.

"김후언 의원한테 가서 살려 달라 하세요."

"네?"

김지상의 눈이 떨려 왔다.

어떻게 그것까지 알고 있느냐는 표정이었다.

희우가 피식 웃으며 고개를 저었다. 그리고 핸드폰을 들었다. 신호 음이 잠시 들렸다.

－여보세요?

김후언의 목소리였다.

희우가 입을 열었다.

"김희우입니다."

－……!

"이거 어떻게 합니까? 김지상 씨가 지금 경찰에 달려가게 생겼습니다."

－기…… 김지상이 누…… 누군데?

"에이, 모른 척하신다. 김지상 씨는 그쪽을 아주 잘 알고 있는 눈치던데요?"

－난 몰라……. 그…… 그게 나랑 무슨 상관이야!

"에이, 왜 그러세요? 무슨 상관인지 알고 계시면서?"

희우는 그 말을 끝으로 핸드폰을 김지상에게 건넸다. 그리고 말을 이었다.

"빌어요, 살려 달라고. 안 살려 주면 같이 손잡고 감옥 가면 되겠네요."

김지상이 전화를 받아 들고 떨리는 목소리로 입을 열었다.

"의…… 의원님…… 도와주십시오."

-너 지금 무슨 소리 하는 거야! 거기서 내 이름이 왜 나와!

"의원님…… 도와주세요."

-이래서 내가 딴따라 같은 놈들이랑 어울리는 게 아니었는데! 네가 알아서 해!

뚝.

전화가 끊겼다.

그리고 김지상의 고개는 더욱 땅으로 처박혔다.

잠시 후, 경찰이 왔다.

김지상은 이미 모든 걸 체념한 듯 보였다.

얌전히 차량에 오르는 김지상을 보며 정지석은 낮은 한숨을 내쉬었다. 그리고 옆에 서 있는 이여진을 차갑게 바라봤다.

"왜 그랬죠?"

이여진은 고개를 숙였다.

"죄송합니다."

"미안하다는 말을 들으려고 하는 게 아니에요. 왜 그랬죠?"

그녀의 눈에 굵은 눈물방울이 뚝뚝 떨어지기 시작했다. 그리고 그녀의 짧은 이야기가 이어졌다.

처음엔 이런 일에 가담하겠다는 생각을 하지 못했다.

아버지의 사업이 어려워지며 정지석에게 빠져들었다.

그의 영화를 보고 화보를 보면 모든 게 잊히는 것 같았으니까.

그래서 직접 만나러 갔다.

보고 오면 행복했다.

그러던 와중에 아버지의 사업이 완전히 무너졌고 매니저 김지상과 손잡게 된 것.

"죄송해요. 저도 반성하면서 벌을 받겠습니다."

정지석은 한숨을 내쉬며 고개를 저었다.

⌒⌒⌒

정지석과 헤어지고 난 후, 희우는 서울 한 건물의 옥상에 서 있었다.

이제 변호사가 필요한 사람은 김지상이지, 정지석이 아니었다.

어두운 밤하늘을 바라보던 희우의 시선이 꽉 막혀 있는 도로로 내려갔다.

늦은 밤이었지만 서울은 복잡한 도시였다.

쉴 새 없이 오가는 차량을 바라보고 있을 때, 전화 한 통이 걸려 왔다.

정지석이었다.

─변호사 선임료를 정말 이여진 씨에게 보내 주나요?

희우는 정지석과 헤어지기 전, 수임료를 이여진의 통장으로 넣어 달라는 말을 했다.

정지석은 그 말이 믿기지 않는지 다시 확인 전화를 한 것이다.

희우가 입을 열었다.

"네, 이여진 씨에게 보내 주세요."

―하하, 김희우 변호사님을 생각하면 정말 대단하다는 말밖에 떠오르지 않습니다.

정지석은 잠시 말을 멈췄다. 그리고 입을 열었다.

―가까이 있던 사람을 고소하는 게 처음이라 어떻게 해야 할지 모르겠어요. 앞으로도 걱정되고요.

"정지석 씨는 불안할 필요 없습니다. 매니저에 관한 것은 법이 알아서 할 테니 앞으로 좋은 연기를 할 고민만 하시면 됩니다."

―……네. 감사합니다.

뚝.

전화가 끊겼다.

희우의 눈은 계속해서 아래를 내려다보고 있었다.

그가 싸워야 할 적.

그것은 제왕 그룹이었다.

그룹과 돈으로 싸운다? 지금 희우가 가진 재산은 얼마 되지 않았다. 설령 사회에 환원했던 돈을 다시 끌어온다고 해도 제왕 그룹에 제대로 된 타격을 줄 수는 없었다.

그리고 그룹과 싸운다는 것은 단순한 문제가 아니었다.

그룹 하나가 우리나라에 미치고 있는 경제적 영향력은 엄청나니까.

희우의 눈은 계속해서 세상을 내려다봤다.

멀리 한강이 눈에 들어왔다.

서울의 밤, 조명을 비추는 한강, 희우의 눈은 한강을 향해 점점 다가섰다.

그리고 발을 담갔다.

그래, 이미 제왕 그룹과의 싸움을 위해 발을 담갔다.

이번 싸움으로 김후언 의원이 몰락한다.

매니저 김지상과의 연관성이 아니더라도 진규학이 그의 목을 치기 위해 칼을 뽑아 들었을 것이다.

희우에게 문제는 그다음이었다.

김후언의 라인을 타고 올라가면 그 끝에 서 있는 천호령 회장.

그는 희우가 김후언을 잡아넣으며 보낸 의사를 확실히 알 것이다.

이제 어떤 화답을 보낼 것인가.

희우는 그 답을 기다리기로 했다.

그 시각, 서울 강남의 한 일식집.

두 사람이 마주 앉아 식사하고 있었다.

바로 제왕 그룹 천지용 본부장과 진규학 의원이었다.

천지용 본부장이 입을 열었다.

"그러니까, 얼마 전에 이야기했던 김후언인가 하는 그놈을 넘긴다는 거지?"

진규학 의원이 고개를 끄덕였다.

"네, 황진용이하고 손잡은 것 같습니다. 우리를 사이에 두고 저울질하는 것 같은데……."

천지용 본부장이 가소롭지도 않다는 듯 피식 웃어 버렸다.

"저울질한다면 우리가 얼마나 무거운지 느끼게 해 줘. 이참에 다른 의원들에게도 본보기가 되겠네."

그때 '우우우우웅' 하고 진규학 의원의 핸드폰이 울렸다.

발신 번호를 확인해 보니 자신의 보좌관이었다.

진규학은 천지용에게 고개를 숙여 전화를 받겠다는 예를 표한 후 조심히 핸드폰을 들어 올렸다.

"무슨 일이야?"

수화기 너머로 흘러나오는 목소리가 몹시 다급하게 들렸다.

─지금 김후언 의원이 기소되었습니다.

진규학의 눈이 찌푸려졌다.

"그게 무슨 말이야?"

─그게 정지석이 성폭행 사건에 김후언 의원이 깊이 관여하고 있던 것으로 보입니다. 김후언 의원이 자신을 살려 주지 않으면 모든 걸 폭로하겠다고 협박하고 있습니다.

어게인
마이라이프
SEASON2

진규학의 눈에 분노가 떠올랐다.

"이런 멍청한 놈!"

─어…… 어떻게 할까요?

"기다려 봐."

뚝.

전화를 끊은 진규학을 천지용이 흥미로운 표정으로 바라봤다.

"여간해서는 흥분하지 않는 자네인데, 무슨 일이야?"

"김후언이 잡혔다고 합니다. 그리고 구질구질하게 행동하고 있네요."

진규학에게 이야기를 들은 천지용이 슬쩍 미소 지었다.

"왜? 놈이 구해 주지 않으면 같이 떠내려 가자고 협박이라도 해?"

"네, 그러고 있습니다."

"걱정 마. 언론에 전화해 놓지. 발표하는 것까지 막기는 어렵겠지만 이니셜로 기사를 내자고 하면 이해할 거야. 그리고 검찰 쪽에는 김후언 하나 쳐 내는 걸로 끝내자고 연락해 둘게."

진규학이 고개를 끄덕였다.

"감사합니다."

"감사는 무슨. 우리가 김후언이라는 잔챙이 때문에 무너질 사람들은 아니잖아? 그런 사건이야 지나가는 돌부리 정도이지만 아버지가 문젠데……."

"네? 회장님요?"

"아, 김후언의 이야기를 슬쩍 흘렸거든."

천호령 회장의 이름이 나오자 진규학의 표정이 굳어졌다.

그들에게는 자신들의 아래에 있던 김후언이 검찰의 조사를 받게 되었다는 이야기 정도는 관심도 없는 일이었다.

오직 자신들의 앞날을 걱정할 뿐이었다.

다음 날, 인터넷 신문.

성폭행 혐의로 피소된 배우 정지석(34)이 혐의를 벗었습니다.

서울중앙지방검찰청 관계자는 소속사 대표 A가 서울시 의원 B와 함께 정지석을 성폭행 혐의로 고소하고 회사의 경영권을 차지하기 위해……(중략)……정지석은 사건에 연루되어 자신을 성폭행 혐의로 고소하는 데 앞장선 C 양에 대해서는 고소하지 않고 선처를 바란다는 말을 전했습니다. (중략) 검찰의 조사에 의해 소속사 대표 A가 찍은 사건 당일의 동영상도 발견되었습니다. 동영상을 보면 만취 상태의 정지석은 화장실에 들어가 나오지 않았고 C 양은 방 안에서 무릎에 얼굴을 묻은 채 울기만 했습니다. (중략) 또한 서울시 의원 B는 탈세 혐의도 드러나고 있어 사회의

문제가 되고 있습니다.

댓글란은 난리가 났다.

−역시 정지석. 아무 일 없어서 다행이에요.
−고소한 여자에게 선처를 바란다고?
−이번 사건으로 이미지 더 좋아지는 건가요?

그리고 서울 강남의 하늘을 찌를 듯한 빌딩.
그 최상부에 이 기사로 인해 모인 사람들이 있었다.
바로 제왕 그룹의 천호령 회장, 그리고 그의 세 아들 천지
용 본부장, 천유성, 천하민, 마지막으로 진규학 의원을 비롯
한 이사진이었다.
널찍한 회의실의 긴 테이블 앞에 앉아 있는 사람들을 천호
령 회장이 둘러보며 입을 열었다.
"진규학, 김후언이 네 밑에 있던 놈이라고 했지? 말해 봐."
진규학 의원은 천호령 회장에게 김후언이 김희우를 잡기
위해 했던 일을 이야기했다.
"김후언과 황진용이 손잡으려 한다는 걸 파악하고 바로 탈
세 문제로 끌어내리려는 차에 사건이 터졌습니다. 제가 알고
있는 것은 여기까지입니다."
천호령 회장이 고개를 끄덕이며 첫째 아들 천지용을 바라

봤다. 그리고 무겁게 입을 열었다.

"너는 김후언이 소 뒷걸음질하듯 하다가 김희우를 잡을 거라고 봤다는 건가?"

"……죄송합니다. 생각이 짧았습니다."

"호랑이는 태어나면서부터 토끼를 잡아먹지. 하지만 토끼는 아무리 노력해도 호랑이를 잡아먹을 수 없어. 그런데 토끼도 아닌 쥐새끼를 김희우 앞에 밀어 넣어? 멍청한 놈."

천지용 본부장이 고개를 숙였다. 면전에서 멍청하다는 소리를 들었으니 고개를 들 수 없었다.

"……죄송합니다."

천호령 회장이 자리에서 일어섰다. 그리고 못마땅한 표정으로 좌중을 바라보며 말을 이었다.

천호령 회장은 단순히 바라보고 있는 것이었지만 그 자리에 있는 모든 사람들은 눈길을 피할 수밖에 없었다.

제왕 그룹의 천호령 회장. 그는 이곳의 제왕이었으니까.

천호령 회장은 낮은 목소리로 무겁게 입을 열었다.

"김희우는 김후언이 진규학 아래에 있는 것을 알고 있었어. 당연히 진규학이 내 밑에 있다는 것을 모를 리는 없겠지."

"……!"

"김후언 사건은 김희우가 우리 그룹에 보낸 편지야. 그 내용이 뭔지 잘 생각해서 보고하도록."

천호령 회장은 더 이상 회의할 것도 없다는 듯 몸을 돌려

회의실을 빠져나갔다.

　시간이 조금 더 지났지만 회의실 안에 있는 사람은 누구도
입을 열지 못했다.

　김희우가 보낸 편지?

　이건 도대체 무슨 말을 하려는 걸까?

　그들이 고민에 휩싸여 있을 시각.

　희우는 변호사 사무실에 앉아 있었다.

　그는 천장을 바라보며 중얼거렸다.

　"뭐긴, 뭐야. 너희들을 싹 다 잡아 버린다는 거지."

다음 권으로 이어집니다

꿈의 도약, 로크에서 하십시오
(주)로크미디어에서 신인 작가를 모십니다

즐거운 세상, 로크미디어는 꿈을 사랑하고 도전을 두려워하지 않는 작가 분들의 참신한 작품을 기다리고 있습니다. 21세기 장르 문학계를 이끌어 갈 차세대 선두 주자 (주)로크미디어에서 여러분의 나래를 활짝 펴 보시길 바랍니다.

모집 분야 판타지와 무협을 포함한 장르 문학
모집 대상 아마추어 작가, 인터넷 작가
모집 기한 수시 모집

작품 접수 시 유의 사항

1. 파일명은 작가명_작품명.hwp형식을 갖춰 주십시오.
1. 파일에 들어갈 내용은 다음과 같습니다.
   − 성명(필명인 경우 실명을 밝혀 주세요), 연락처, 이메일 주소
   − 제목, 기획 의도
   − A4용지 1장 분량의 등장인물 소개
   − A4용지 2장 분량의 전체 줄거리
   − 본문
1. 작품이 인터넷에 연재되고 있다면, 게시판명과 사이트의 구체적이고 정확한 주소를 기재해 주십시오.

선택된 작품은 정식 계약 후 출판물로 간행되어 전국 서점에 유통됩니다.
작가 분은 (주)로크미디어의 전폭적인 지원하에 전속 작가로 활동하시게 됩니다.
※ 자세한 내용은 로크미디어 홈페이지(rokmedia.com)를 참조하세요.

(03920)서울시 마포구 성암로 330 DMC첨단산업센터 3층 314호
(주)로크미디어 편집부 신간 기획 담당자 앞
전화 : 02 − 3273 − 5135
www.rokmedia.com   이메일 : rokmedia@empas.com

HUNTERS

환이 현대 판타지 장편소설

헌터스

게임 같은 현실, 현실 같은 위상 세계!
이웃이 사라지고 있다! 흔적도 없이!

『위상 전이가 시작됩니다!
시험자 남종태 님은 다음 전이까지 생존하십시오!』

몬스터가 득실거리는 정글
위상 세계로 끌려간 게임 개발자 종태가 가지고 있는 것은
고작 담배 반 갑, 스마트폰, 지갑, 스위스나이프?

조악한 무기로 늑대를 제압하고 얻은 고기로 연명하며
첫 번째 미션을 성공한 기쁨도 잠시,
현실로 뛰어나온 몬스터와 두꺼비 인간 형태 변이자의 출현으로
목숨을 건 서바이벌의 장이 벌어지는데……

두 세계를 오가는 헌터들의 생존기가 시작된다!

ROK MEDIA